MISHIMA YUKIO

三 岛 由 纪 夫

作品系列

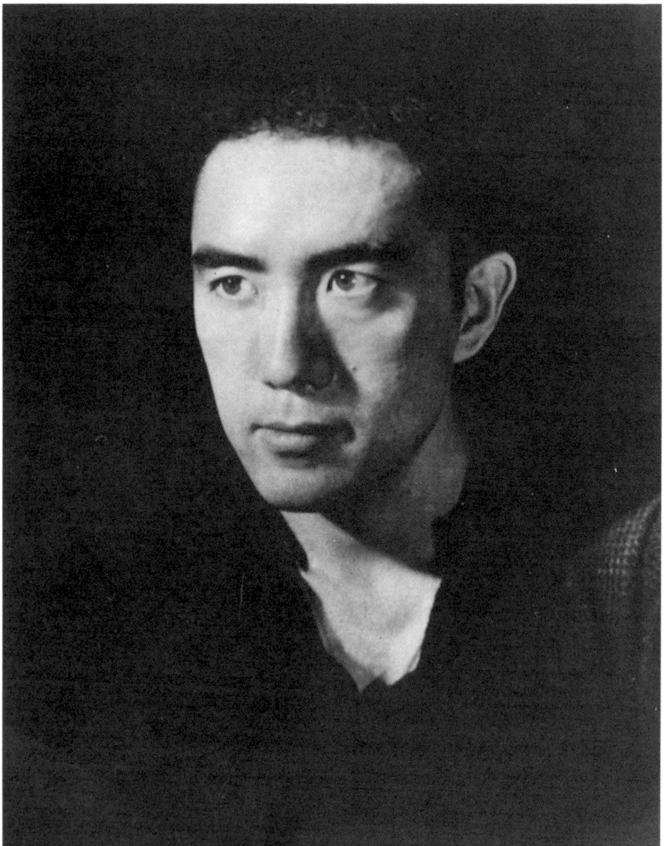

漫长的春天

译者=覃思远

MISHIMA YUKIO

三 岛 由 纪 夫

上海译文出版社

一月

一

百子时常在想，自己对郁雄真是用情太深了。不过，也正是因为百子始终爱得执着，两人才能走到今天这一步。而走到这一步并不意味着她就可以放松下来，从此可以节省一些感情了。

郁雄对她依旧温柔体贴，丝毫没有怠慢的迹象，但他显然要放松多了。比百子更放松。他的爱不再那么紧迫而猛烈，更多的是一种大气、沉稳的感觉。这种变化水到渠成，按说也令人欣喜，但在百子看来，这可不好说。

一月十五日成人节这天，两人终于订婚了。

能走到这一步相当不容易。如果浓缩成一部电影，那就是，在惊涛骇浪中折腾了一个半小时之后，男女主人公终于订了婚，故事迎来了圆满的大结局。

二人相识于去年春天。

郁雄是T大法学部的一个好学生，每天都循规蹈矩、按部就班地上学。他可不是那种一放学就东游西荡、玩到很晚才回家的学生。当时人们总在感叹年轻一代的堕落，对社会上不断涌现穷凶极恶的青年罪犯一事忧心忡忡，对于这种风气，郁雄的态度是事不关己，高高挂起。归根结底，所谓堕落，须得是有堕落才华的人才能搞出来的事情，自己压根儿就没有那方面的天分嘛！对此，他早有自知之明。

但他，宝部郁雄，可不是一个行事死板、不讲变通的法学专业的学生。他会跳舞，会打麻将，也会滑冰——总之，但凡别人会的东西他差不多都会那么一点。这并不是说他的意志力有多坚定，而是因为他一贯闲散，才没有沉溺于某一项活动中。

所以，在一个春光浪漫的日子里，当听朋友说学校门前旧书店老板的女儿是个大美人时，他也像其他年轻人一样，想着去看上一眼。仅此而已。

雪重堂书店。店名十分风雅，由这家店的上一辈（也就是百子的祖父）取自白居易的五言绝句《夜雪》：

> 已讶衾枕冷，
> 复见窗户明。
> 夜深知雪重，
> 时闻折竹声。

仅凭这一点，便可想像到木田百子的家有多么古朴了。

在曾被大火焚烧过的大学校门前有一排房子，同样经受过大火洗礼的旧书店便位于其中。它至今仍保留着战前的模样，即使是在战争末期、空袭最密集的时候，店主也悠悠然地开张营业，战后的混乱时代也在淡定地售卖旧书。该大学的法学部、经济学部、文学部等学院研究室里的相关人员都是雪重堂书店的老主顾，店主和历届学部长也都是好朋友。过于尊敬学者也是雪重堂数代以来的近乎病态的一个老传统了。他们把算盘晾在一边，只等客人主动过来结账。百子的祖父也好，父亲也罢，他们一直觉得学者就像是天上的神仙，世间再没有比他们心灵更美的人种了。虽然实际上并非如此。

刚从女子学校毕业，百子就主动到店里帮忙——这是去年春天的事了。

用一个老词来形容百子，那就是"才色兼备"。和头脑不是很灵光的哥哥相比，对于店里正在销售的书的名字，她随时可以背出来。比如有客人问：

"川口的《日本法制史》下卷有吗？"

"啊，有法学丛书版的。"

"最好是新版的。"

"那就是菊波书店的修订版了，估计一周之内可以到货。"

大概就是这样的问答。

本乡一带新开了很多咖啡厅。为了招揽学生，有些店里请了一些清丽脱俗的女孩坐镇，但郁雄的朋友说了，无论是气质也好，美貌程度也罢，不管从哪方面来说，没有一个比得上雪重堂的小姐的。

郁雄对此半信半疑。一提到旧书店，他的眼前出现的就是这样一幅景象——在覆盖了一层厚厚的灰尘、散发着一股霉味的昏暗的小店深处，一个长得跟老狐狸一样的老人绷着脸坐在冷冷清清的店里，不时往鼻梁上端推一下眼镜。想象一下，就算那里坐着一位少女，也应该是一个面若冰霜、话中带刺、似乎肝火过盛的少女形象。

"哎，你就去吧，就算是被骗了也没关系啊，光逛不买也行，出趟门也没什么损失嘛！万一长得还不错呢……"

"那又怎么样？"

"……对了，买书还不如去卖书呢，那样更有得聊！对了，你有要卖的书吗？"

"我没什么书要卖。"

"你小子，真拿你没办法。"

学生们边说边走在通往正门的银杏大道上。这时春季新学期刚开始，银杏树刚冒出了嫩绿的新芽。由于早上刚下过雨，从安田讲堂通往正门的宽阔的柏油路上不时能看到小水洼。但如今水洼上倒映着的，也都是业已晴朗的天空中那柔软的春日浮云。

下午的课上完，天空依旧明亮。现在可是春天，穿着制服，挎着略有些磨损的书包，咯吱咯吱走出正门……二十一岁的年轻人对这样一个午后心怀期许，内心有所躁动，是极其自然的。但此时上野的樱花已经凋谢，走出大门的他也就完全没有直奔池之端一带去赏花的疯狂想法了。

郁雄渐渐地对朋友说过的话有所期待了。

雪重堂的店面一到下午就已经有点暗了。靠里的地方还亮起了灯。

朋友迅速走了进去，郁雄却有点害羞，只是仔细地浏览堆放在店门处那些均价三十日元一本的廉价图书。

《花草栽培的秘籍》。

《交际舞读本》。

《心灵术的科学》……

这时从店里断断续续传来了朋友和一个年轻女孩的声音。似乎是朋友想要高价卖出自己的书，而女孩的声音听起来很不情愿。

"那不行。"

"有什么不行的？至少给我二百日元吧！"

"你到别的店看看就知道了，上面都只写了一百五十日元的价签。"

"在你们家肯定能卖到二百五十日元！"

"真的不行啊，别难为我了。"

郁雄被他们说话的声音吸引着往屋里走去。

一个穿着浅蓝色上衣的少女正愁眉苦脸地坐在那里。蓬松的长发垂到肩上，眼睛很大，显得水汪汪的，但绝非是被泪水所润湿。

"最少也得二百日元！"

"最多给你九十日元！"

两人都一口咬定，就是不松口。但当看到饶有兴致地在一旁看着的郁雄时，少女忍不住扑哧一声笑了出声。朋友也忍不住笑了。

"那就九十日元吧！"

他很大气地把书抛了过去。少女还是盯着郁雄，问道：

"你们俩……是串通好了的吧？"

郁雄一愣，脸一下涨得通红。

——这便是两人初次见面的情形。

二

订婚时只提到了一个条件。

郁雄的父亲提出，婚礼要等郁雄毕业后才能办。这么一来，订婚期就是从今年的一月到明年的三月，长达一年零三个月。百子自己倒是恨不得马上就嫁，但郁雄认为，两人都走到订婚这一步了，往后只要彼此相互信任，那就和结了婚没什么区别了。

订婚仪式当晚，在位于银座的一家料亭①里，郁雄的父母宝部夫妇与小两口一同设宴招待百子的父母木田夫妇。

年轻的小两口就像是被陈列的玩偶一样。郁雄穿着刷洗干净、熨烫平整的制服，百子穿了一件崭新的长袖和服，鲜艳华丽，这使她看起来完全不像是旧书店老板家的女儿。那件长袖和服还是过年时母亲特地去京都为她订购的。

郁雄的父亲宝部元一事务繁忙，只坐了三十分钟就离席而去。百子的父亲为人老实，不爱说话，所以只是宝部夫人和木田夫人二人在交谈。

宝部夫人始终不赞同这桩婚事，但事情已经定了，于是她也只好努力在木田家人面前装出一副很高兴的样子，但大家却能明显看出她心中的不快。她像个天使，完全陶醉于自己表现出来的亲切，慈爱从她略微发胖的身躯溢出，就像一个汁液丰富的水果。

"现在的年轻人真幸福啊！"丈夫一走，宝部夫人立刻对木田夫人说道，"可以自由恋爱、结婚，人生最幸福的事也就是这样了吧！而且父母也通融，世人也理解……我们年轻的时候啊，就连跟哥哥一起出去看个电影都可能被人误会……就说我吧，也有过真正喜欢的初恋情人，可不是现在这位长得跟老虎鱼一样的老公。但我们也

---

① 一种价格高昂、地点隐秘的日式餐厅。特点在于只提供包厢，并且大多数料亭只接待熟客。

就握过一次手而已，最后我还是嫁给了父母选定的人！"

这番话略显幽默，但木田夫人丝毫不觉得好笑，只想着怎么说话能更为稳妥，于是随口附和道：

"我们那个年代确实是的……"

话音刚落，留意到身边的丈夫一言未发，觉得有点过意不去，于是笑着说道：

"但是，怎么说呢，要想长期生活下去，也就只能……"

"是啊，就算是再丑的狗，养久了也会变得可爱起来的啦！"

对于这种有点过的玩笑，一笑了之也就是了，但木田夫人还是一脸认真地接过话茬：

"确实是这样！"

宝部夫人一时之间不知如何是好。郁雄和百子互相碰了碰膝盖，拼命地忍住笑。但木田敬造脸上却没有一丝笑意，他说道：

"没有比狗更可爱的东西啦！我们现在就养有一只斯皮茨犬呢，对吧，老婆！"

话题随之就转到了狗的身上。

三十分钟过后，宝部夫人似乎终于意识到自己应该夸奖一下百子了。

"你还真的是很适合穿和服呢！我这么说可能有点俗啊——就像是一朵花一样！跟了我们家郁雄真的是委屈了！"

这句话在不经意之中是带有一点刺的，但木田夫妻还是很谦虚地予以了否认。

终于，郁雄故意面向木田夫妇而不是自己的母亲问道：

"接下来我想和百子出去看场电影，可以吗？"

三

郁雄的父亲从公司派了车过来，于是宝部夫人把木田夫妇送回了他们位于本乡的家中，然后返回自己位于饭仓片町的家。两个年轻人这下才获得了解放。

注意到郁雄外套的领子有点拧巴，百子立刻给他弄整齐了。此刻并非处在宝部夫人的眼皮底下，所以郁雄由衷地感到幸福。

百子穿着羊毛和开司米混纺的崭新的白色外套，纤细的手上套了一副很孩子气的毛线手套。

"这可是我自己织的哦！"

她摊开手给郁雄看那副彩色手套，看上去和成年人风格的外套以及和服都很不协调，但郁雄却觉得很可爱。

"去看电影吗？"

"那只是个借口啦。而且晚场都已经放完一半了。"

"要不走走？"

"去哪？"

"本通大街。从那边的六丁目一直走到一丁目。"

郁雄当即答应。百子此刻心里充满了胜利的喜悦，以至于她觉得两个人一定要肩并肩在银座夜晚的大街上走走才行。

这是一月的夜晚，银座大街上半数以上的店铺都关了门。这些店居然不一齐敞开大门来迎接他们，这让二人难以置信。他们原本以为，世界上所有的一切都是因为他们而存在的。

"啊，冬天夜晚的空气凉飕飕的，真舒服啊！"

"你喝了很多酒呢。"

"因为今天是个特别的日子啊！我可能是第一次喝这么多。"

此时已经过了挂门松迎接新年的时节，但街上依然随处可见门松在橱窗中荧光灯的照射下倔强地挺立着。一家装饰得五颜六色的小杂货店里挤满了女顾客。每当有女顾客经过，入口处挂着的茧球①都堪堪要粘在她们的头发上时，二人便停下脚步，心有余悸地看着。茧球之间系着的小铜钱在晚风的吹拂下翻来覆去地摇晃着，闪闪发光。

二人缓步前行，只觉得一切都不必着急，此刻，人生就像是一条悠长柔和的水流，正载着他们缓缓向前。

但只是这么走着，两人并没有想象中那么兴奋。幸福这种东西，为何如此让人不安？百子倒是沉浸在幸福之中，郁雄却越是想感受这种幸福，就越发觉得像有一股穿堂风从心底吹过。这种幸福要维持一辈子可不是常人能做到的，他想。

郁雄首先聊起了过往的点点滴滴。

"那是去年九月份的时候吧。我跟父母提起和你的婚事。我爸根本就没问我对方是什么样的人，立刻对我吼道：'太早了！你自己还是学生呢，搞什么名堂！'但他并没有多加阻挠。但我妈就让我很无奈了。她用尽各种心理技巧，一心想让我放手。比如突然拿来一堆相亲照，或是悄悄把她的朋友叫来见我，长篇大论地给我灌输恋爱结婚的失败案例……"

"你说的这个，"百子用一只手捂住领口，一边盯着夜晚的柏油路上交替着向前迈出的自己脚上穿着的白色布袜，一边说道，"用一

---

① 在枝条上系上许多成茧形的球做成的挂件，是正月的吉祥物，用来祈祷蚕茧丰收。

句老话说，就是我俩门不当户不对，是吧？不过，我也不会因此就怨恨你母亲的。见过两三次面之后，我终于还是顺利过关了，所以我没必要怨恨考官啊！从交谈中知道，你母亲也是挺爽快的一个人。我最担心的是我们父母之间相处的问题。他们要是连一句幽默都听不出来，那你母亲会觉得相当无趣吧！"

对于百子这种理性的思考方式，郁雄一直以来都颇为欣赏。百子有时候也会显得很散漫，比如在两人偷偷约会时就曾迟到了五十分钟，让郁雄担心了老半天，但她绝不会在背后说别人坏话，这是她的优点。郁雄之前也喜欢过一个女生，但她所聊的话题净是一些同性的坏话，这让他十分惊讶，于是只好分手。

二人在七丁目一栋大厦的拐角处发现一家咖啡厅还在营业，于是走进去喝茶。店里的暖气很足，这让他们那被夜风吹得又冷又干的脸颊很快暖和起来。

二人充分地享受着沉默的时光，虽然彼此心心相印，但百子还是希望郁雄能主动多说些话。郁雄有点害羞，因为他不喜欢说那些矫情的情话。每当这种时候，二人就会表现得很笨拙。

"哎，你说几句话吧！"

百子脱了手套，用手摆弄着郁雄外套袖口处的纽扣说道。纽扣转动起来就像一台能发声的机器。百子的手指上戴着今天郁雄送的订婚戒指，耀眼夺目。

但被强制要求"说几句话"时，似乎是男人的通病，郁雄只觉自己像是被从好不容易沉浸进去的幸福感中硬给拽了出来。

"可我实在没什么要说的啊！"

"没什么话也要找点话说！"

"你真任性。"

又是一阵沉默。

忽地，郁雄用清脆的声音说道：

"从二月份开始，我就得开始准备期末考试了，所以我刚才在计算还能和你在一起玩到几号呢！"

"我已经没有考试了哦。"

"真羡慕你啊。"

"不过在你考试期间，我也得学点什么吧……"

"那就太棒了！"

"考试的时候，我从你的考场窗户外面给你传作弊用的小纸条吧？你要不就坐靠窗的位子？"

"真是个贤内助啊！"

郁雄笑了。

百子很喜欢郁雄那能把他略显冷淡的脸瞬间融化掉的笑。虽然是男人，但郁雄的脸颊上却有着时隐时现的浅浅的酒窝。

四

雪下了四五天，积了厚厚的一层。

第二天是一个明晃晃的晴天。

郁雄穿着长筒胶鞋去了学校。听完从上午八点五十分到十二点二十分的商法课，这一天的课程也就结束了。商法课不但上课时间早，而且教授讲的内容十分单调，郁雄通常上到一半就睡着了。要想知道是从什么时候开始犯困的，只要看看自己写的笔记就清楚了。

先是字迹开始凌乱，行间相互交错，最后写的字连自己都认不出来，突然就戛然而止了。

此时郁雄通常会跟一个叫做宫内的秃顶的同级生借笔记。他和郁雄差六岁，今年已经二十八了，属于早秃，已经有了妻儿。这个同级生以一种居家过日子般的认真劲儿，事无巨细地记着笔记。

郁雄觉得此人应该是一个可以开怀畅谈的对象。事实上两人也有过交谈。因为说到早婚，宫内可是名副其实的过来人。

"克尔恺郭尔的《非此即彼》中，最开头有这么一段话，不过说起来，应该是希腊哲学家第欧根尼·拉尔修对苏格拉底说过的一段话——'结婚，你会后悔；不结婚，你也会后悔；结婚或者不结婚，两者你都会后悔！'[①]"

郁雄想从宫内那里听到的可不是这种带有讽刺意味的哲学式意见。他想听点更实际的。

"实际的？民法第三部里面都写了啊！法律是针对全体的，但人形形色色，什么样的都有，谁都没法给别人忠告。所以法律归根到底就是人类生活的全部。不过话说回来，结婚之前最好不要做那件事。但是像你们这样订婚期间比较长的情况，如果想做的话，可能最好还是做吧。反正迟早的事……但我还是想给你一句忠告——我是想做一名学者的，如果想好好读书，那就最好让你的老婆觉得你在那方面是一个精力很弱的男人哦！不要有什么乱七八糟的虚荣心。首先，新婚当天如果做得太多，你老婆就会希望你可以那样持续一辈子。一旦你稍微疏远她，就会被说成冷酷无情。那样一来，就不

---

① 译文引自京不特译本，中国社会科学出版社，2009年6月版。

能把充沛的精力投入到男人一生的事业当中了！"

这种忠告没什么新奇之处。几乎没有一个青年不被已婚者们灌输过这种没有可行性、连其本人都不能实行的忠告。

但无论如何，对于郁雄来说，宫内是一个很有趣的朋友。至于那些年纪完全相同的同辈朋友，郁雄总觉得他们身上缺了些什么。

……上午的校园，雪景格外耀眼，积雪反射出的光照亮了平时即使是白天也总显得昏暗的拱廊深处。时不时有白雪从挺拔的银杏树上掉落。

郁雄出了正门，与要去乘坐电车的宫内和两三个朋友告别之后，就走到了电车道对面。那些知道郁雄订了婚的人全都龇牙咧嘴地冲着他笑。

雪重堂那老旧的房屋屋檐上的雪和这家店的店名极不符合，一大早就被一些年轻人用手打掉了，所以并没有水滴滴落到进店客人的肩膀上。脏了的雪则被扫到人行道的两端，这使人行道显得又黑又湿。

郁雄每次走进这间书店都会觉得别扭得不行。在恋爱期间，这里算是敌方阵地，和百子见面要避人耳目，于是就选择去银座、日本桥等地，而现在，这里等于是自己亲戚家了，但感觉还是一样。不仅仅是百子，连和百子关系紧密的所有事物也都和自己亲近起来了。因为爱上一个女人，社会中的一部分或是某些群体就跟自己有了瓜葛，真是太不可思议了。首先，只要他脚刚迈进店门，随口说一声"你好"，店员就会以迎接少东家的态度来迎接他，并慌里慌张地跑去店里通报。

郁雄曾听百子说过：

"我们家的店员听说我要嫁给一个对面的T大的学生,都很高兴,四下里炫耀呢!"

而且,对于在市中心的山手线附近长大的他来说,这种古朴的商家的内部实在是太新鲜了。以一个店员的身份,看着来店里淘书的同学,就像是一人分饰二角,没有比这更有趣的了。

此时的百子正在苦恼,怕被知道两人关系的学生们取笑。有时她会帮忙看店,但不会专程跑到店外来迎接郁雄了。

"请往里走。"店员说道。郁雄在账房处脱了鞋。其实他可以从后门进去的,但他还是喜欢从正门进。

幽暗的房屋深处新建了一栋独立的楼房,二层就是百子的房间。

但此刻,在依然有积雪覆盖的庭院中,百子正和一只斯皮茨犬在玩耍。

"哎,哎!"

她穿着蓝色牛仔裤和长统胶鞋,一次次抱起斯皮茨犬,然后丢到雪地上。百子出奇地容易害羞,每次郁雄到访时,她几乎都会像这样先做一些别的事情,让他看上好一会儿,然后才会开口说话。

小狗显得很不耐烦,发出临死一般绝望的惨叫。小狗每被摔一次,就噗的一声,在雪地上砸出一个小狗形状的坑。然后百子又把它抱起来,再扔到新的雪地上。于是院子里的雪地上就多了许多小狗形状大小的坑。斯皮茨好不容易才从百子的魔掌中挣脱出来,连滚带爬地逃到栅门处,站到石阶上,却依旧兴奋地摇晃着它那蓬松的尾巴。

百子也气喘吁吁地看向挎着书包站立在走廊处的郁雄,胡乱地把头发往上一捋,笑了。她通红的脸在雪光的映照下泛出微微的红光，看起来十分的鲜艳。百子以略带嘲讽的语气问道：

"怎么样，我的样子看起来是不是很糟？今早铲雪了。"

"可院子看起来也没什么变化啊。"

"院子里有雪才更好玩嘛！"

百子一边孩子气地说着，一边走了上来。

"进屋去吧？"

嘴里说着，她的脚已经踏上了楼梯。

阳光洒满了二楼六张榻榻米大的房间，很是晃眼。三面镜，小桌子，镶有郁雄照片的相框，衣柜……所有的一切都在说明这个女孩是如何在宠爱中成长的。

母亲端来了红茶。

"我妈的脚步声一下子就能听出来了吧？她上楼梯时特别地从容。"

木田夫人用旧时的方式亲切地和他寒暄：

"你这是要去学校吗？"

"不，今天的课已经结束了。"

"哟，就跟幼儿园一样哎。"

平常不开玩笑的人认真地开起玩笑来显得很滑稽，于是郁雄忍不住笑了。

母亲下楼后，郁雄在窗台上坐下，看着这条没有经历过战火的古老街道上那些正被皑皑白雪所覆盖的屋顶。有些屋顶上的雪只能盖住一半的黑瓦，眼看将将就要滑落下去。

百子侧斜着被牛仔裤包裹得严严实实的腿坐了下去，只在那裤脚的翻褶处露出了红艳艳的苏格兰花纹。百子把手指伸了进去，

15

说道：

"好讨厌！雪都进到这里面去了。"

郁雄很自然地离开窗户，从后面抱住了百子那毛衣包裹着的胸，百子则后仰着脖子，两人开始日常问候式的接吻。

二月

一

郁雄可是一个认真的好学生，所以一进入二月他就立刻开始了忙碌的备考工作。

法学系一般第二学年的课程最令人头疼。其中最麻烦的就是民法第二部，要想在这门功课上获得优秀可不是件容易的事。而且，从第二学年开始增加了很多极其繁杂的新科目，比如商法第一部、行政法第一部等。

民法第二部学的是所谓的"债权法"，这是民法的核心所在。如果不是相当有钱的人，关于债务债权（钱的借入和借出）的法律就不是很有用，或者说一辈子也用不上几次。但这部法律可以说是构成现代社会的基础，市民社会就是在这一契约法的原理下运行的。所以，学习它就等于是在研究推动社会进步的齿轮。

……随着学习越来越忙，和百子见面的机会变少，郁雄愈发控制不住地想念起百子那鲜活的肉体的感觉来。正是因为学习枯燥无味，那种感觉也愈发强烈。

二月格外暖和，雪下得也很少。郁雄从学校回家时就去见百子，但也只在那附近散步二三十分钟而已。随着二月接近下旬，两人连一起看电影的闲暇都没了。

一听说要去散步，百子就会把外套穿上，把围巾盘在脖颈处，从栅门里快步跑出来。这时她通常都会牵着斯皮茨犬，用可爱的语气嘲讽道：

"等于我遛小狗，你遛我了。"

"你昨天和前天都没来呢，怎么了？"

"我怕见面太多，你会烦我。"

郁雄的这套托辞半真半假。每次学校放学的时候，他都会这么自问自答：

"今天不见她是不是也没事？试试看吧。可能不见她学习会更有效果呢！"

第二天，他又自问自答道："再忍一天不见她行不行？试试看！"

第三天，他又对自己说："今天要是也憋着不见她，可能就心浮气躁学不进去了，所以还是见一面吧！不管怎么样，学习是最重要的。"

于是，和百子的会面也是郁雄以学习为借口对自己进行的一番嘴硬的辩解。这个看似懒散的青年身上也隐藏着与其外表极不相称的固执。他最讨厌的便是自己的懦弱。

实际上，百子并没有看出郁雄身上隐藏着这种性格。其实，爱情是允许恋爱中的一方有一定程度的坏心思的，但百子的行为稍有越界的危险。

"好啦，我们该回去了。"

郁雄说道。正坐在椅子上眺望冬天日暮时分的街道的百子噘起嘴说道：

"再呆五分钟！"

于是郁雄又像额外赠送似的把分别的时刻向后推迟了十分钟左右。时间一到，百子又像是生气似的说道：

"再呆五分钟！"

想到今天之内必须要把行政法复习到第二百页的章节末尾，郁雄面露难色。百子饶有兴致地看着他，觉得此时男人那强忍着的表情还挺迷人。

此时的郁雄是因为自己意志不坚定而懊恼，为了不让与这种不坚定相对抗的心情殃及百子，他拼命地克制着。

斯皮茨犬似乎敏感地察觉到了他们之间微妙的情绪。它不安地在原地打转，拉扯着锁链，把百子拖得站了起来。

"真讨厌！连迈克都向着你了。"

百子这才不再假装生气，看向郁雄。在二人下方的位置，冬日的街道发出低沉的轰鸣声，渐渐没入黄昏。那阵轰鸣声中夹杂了电车、汽车等的声音。再仔细一听，夹杂其间的还有人们为晚餐做准备时，器皿、食器互相碰撞发出的清脆的声音，从四面八方涌来。

淡淡的暮霭之中，开往小石川柳町方向的市内电车的集电杆上闪出了蓝色的火花。

一行人刚走过去，又有人从他们身前走过，因而郁雄这次没有选择百子的唇，而是在她的头发上印上了道别的一吻。百子的头发很干燥，散发出沐浴在阳光下的麦子一样的芬芳。

二

　　二月十五日以后，忽然连郁雄的身影也见不着了。百子也想过打个电话过去，哪怕听听他的声音也好，但想到可能会影响他的学习，便克制住了。

　　实际上百子也不知道自己为何如此焦躁。怎么就不能平心静气地坐下来等他主动找来呢？见不到郁雄，肯定是因为他在复习考试呀，而且来日方长，这次考试的成败会影响到明年是否能顺利成婚的，所以自己应该再淡定一些，完全不必自寻烦恼。

　　"我可不能输给郁雄，不如像他应考那样去做点事吧？"

　　某天，她有了这样的念头，突然想到可以去旧书市场看看。父亲最近几乎不怎么去，都是让老练的主管替着去了，而百子在普通书市、西洋书市或者专业书市正好撞在同一天时，曾替父亲去过两三次普通书市。明天刚好有法律专业书市的拍卖会，书店的主管要去那边，所以位于神田支部的普通书籍拍卖市场父亲就只能忍痛割爱了。

　　百子立刻把自己的想法跟母亲说道：

　　"对了，妈，我明天想去支部那边的拍卖市场看看。"

　　"那不行，你一个女孩子家。"话音未落，母亲就立刻接过了话茬，"我出生在一户开旧书店的人家，然后又嫁给了另一个开旧书店的，就这样我都还一次也没有去过书市呢！而且这要是被郁雄家知道了，我的脸往哪搁啊！让一个快要出嫁的女儿去市场上大呼小叫的，像什么话！"

　　"说的就像要把我摆到市场上去卖一样。你说的是出卖肉体的市场吗？"

"什么嘛，这么粗俗。"

"哎呀，这个钟又慢了三十分钟呢。我给调过来吧。"

说话间，百子已经爬到了大大的方形火炉上方的板子上，打开挂钟的盖子，用指尖把表针拨了几下。母亲刚要出声制止，女儿已经把表针归了位，从火炉上跳了下来，若无其事地站着。这座挂钟跟旧书店一样，时常会慢，但绝不肯快上一分半秒。

——百子带上一个年轻的店员直奔旧书市场而去。

那一天也是冷得让人发抖，但天空却晴朗清透。带着年轻店员坐上电车的百子透过电车窗户，从沿着围墙种植的冬青的缝隙间看到了大学的讲堂。紧闭着的车窗因为暖气的关系全都变得雾蒙蒙的，就像拉上了白色窗帘。

"今天是星期三，郁雄没课，现在他一定坐在家里，扎着头巾，拼命学习。他学习，我赶集，我们这样也算平分秋色了。他一心只想着法律，我却每天都净在想着他，这有点不划算啊！……不过，如果我和他对抗的意识太强了，还能成为一个好妻子吗？"

这么一想，百子心情就好多了。

支部的办公室就在旧书店街后面的一条巷子里。那是一栋毫不起眼的木制二层建筑物。百子把鞋脱下来放到鞋柜后往楼上走去，发现父亲朋友的书店的主管也在了。他取笑她说：

"哎呀小姐，今天怎么代班来了，架势十足啊！"

事实上，脱下外套的百子身上穿着一件深红色圆领毛衣，使得只有堆得高高的旧书和黑褐色皮肤的男人的室内顿时充满了生机活力。

百子把毛线手套脱下一半，垂下十根毛线手指，让它们一甩一甩地摇晃着，走到了炉火边。看到聚集在此的男人们的脸，百子心中升起了一股斗志。

二楼的地板用坐垫围成一个四方形，许多坐垫连里面的棉花都露出来了，或是磨得布料都泛起了油光。坐垫围成的方形一角处摆有三张桌子，负责记账的人就坐在那里。负责把货主姓名，也就是卖书的人的名字写到账簿上的人叫做"山账"，由一个身材矮小的老人担任，而负责登记买货人姓名的人叫做"拨"，由一个长得很有神官气质的中年人担任。

因被周边高楼围挡，屋里光线昏暗，只得从早到晚开着荧光灯，散发着黯淡的光。

"好，开始吧！"

中座大吼一声。"中座"，是负责报出要拍卖的书名的那个人。

那些穿着夹克衫或是旧西服的男人们原本坐在火炉边的，这时一个个地散开，坐到了坐垫上，就像一场煞是无趣的和歌纸牌大战就要开始了一样。

中座是一名肤色黝黑、眼睛滴溜溜乱转的男人，他穿着茶色毛衣，体格精悍得如同一只黑豹。在他周围，待价而沽的书堆积如山。

担任中座的人在发音上有很多技巧，比如声音该落在哪个位置等等，这些都会让买家的心理产生变化。

"来了，菊波书店版《六法全书》！"

"六百！"

"六百！六百！"

"六百二十！"

紧邻百子坐着的一个龅牙男人龇牙咧嘴地喊道。

"六百二十！六百二十！"

底下鸦雀无声。

"好——六百二十！"

中座以熟练的手法将厚厚的小型《六法全书》往买家膝盖跟前推去。那本《六法全书》就像是一只被主人亲手养大的小狗一般，哧溜哧溜地在地板上滑过，最后在买家膝盖跟前啪嗒一下停住。

整个过程都发生在刻不容缓的一瞬间，买家几乎不能有一丝一毫的愣神。

"《昭和文学杰作集》！"

"二百！"

"二百！二百！"

"二百二十！"

"二百二十！二百二十！"

"二百五十！"

"好，二百五十，二百五十……好，你的了！"

那本《昭和文学杰作集》欢呼雀跃着飞到了买家的身前。

"接下来是藤井博士的《中世艺术论》！"

百子忽然想到，这本书之前有位客人订了，千万不能让它落入别人之手。

"二百！"

尖利的声音瞬间吸引了众人的目光。她那被百褶裙所包裹着的膝盖紧张起来，往前伸出的脖子戴着郁雄送给她的项链，正在微微晃动。

"三百！"

有人喊道。

"二百！三百！好的，三百！"

"四百！"

百子不肯认输。

"五百！"

百子循声望去，想看看是谁在挑事，就看到了刚刚还没在场的堂哥一哉。

这个长了一张圆脸、性格开朗的堂哥从小就爱和百子对着干。在玩人猿泰山游戏时，他就会让百子当泰山，自己扮作类人猿奇塔。但这个奇塔却总是背着泰山，把她的食物一扫而光，然后拍着肚子大笑。他是个坏奇塔。

堂哥和百子同姓，家里在神田开了一间旧书店，高中毕业以后没上大学，径自到店里帮忙，有时候也会现身拍卖市场。

显然这次是借着喊价来挑事了。看着笑嘻嘻的堂哥，百子劈头盖脸地冲他喊出了外号：

"奇塔，拍卖会是很神圣的哟，你可别报那么离谱！不重新出个价，我可饶不了你！"

满座顿时鸦雀无声。见百子板起脸来显得那么可爱，在场的人顿时开心地笑了。中座却还是一本正经地说道：

"好，那重新出价，《中世艺术论》！"

"二百！"

百子的声音，夸张一点说，简直就是声如裂帛。她瞟了一哉一眼，一哉便噘着嘴不再张口了。

"二百！二百！好，二百！"

于是那本用墨绿色布料装帧得既结实又美观的《中世艺术论》就干脆利落地滑到了百子身前。

拍卖大会结束之后，百子便把购得的二十多本书交给同来的年轻店员，然后笑眯眯地走到一哉跟前问：

"奇怪了，你怎么回事啊？"

一哉憨憨地挠了挠头：

"真拿你没辙！女人啊，总站在正义的一方。"

"你做的事情本来就不地道嘛，所以就是不行啊！"

"我就是想表现一下咱俩亲密的感情罢了。对了，等我把买到的书搬回店里之后，我们一起去那边喝杯茶好吗？好久没去了！兰波咖啡厅怎么样？"

百子点点头，交代年轻的店员把书先带回去。

三

二人一边喝着茶，一边天南海北地聊了一通。百子忽然想见见郁雄。既然会打扰他学习，那不见面也不打紧，但至少也得到他家门前转一转。

……还有，在和堂哥一哉悠闲地边喝茶聊天的过程中她发现，一两年没见，他显得沧桑了许多。他拼命想表现得和从前一样开朗乐观，但脸上不时有阴影一闪而过。一直以来他都是这样的——一旦情绪激动起来就会做出一些让人难以想像的事情来。

兰波咖啡厅的门口对着后巷,所以即使是白天店内也显得昏暗。外面的光线从高楼顶端漏过来,在玻璃窗上方形成一个醒目的长方形。但室内暖炉的红色火焰却显得分外鲜明。砖头铺就的凹凸不平的地板上时不时会洒上水,因而就跟雨后的街道一样,小小的水洼上倒映着咖啡厅里白天也一直在开着的灯。

"奇塔,你好像变化挺大的啊!"

百子突然把心中的疑惑脱口说了出来,刚说完就后悔了。

一哉果然忽然变得警觉起来:

"是吗?这个嘛,让我老爸使唤惨了,年纪轻轻地就搞旧书店的生意,任谁都会变的啦。而且还没让我考大学呢!"

百子这时才想到,一哉的父亲虽然颇有财力,但却秉持着商人不需要接受大学教育的理念,没让他上大学,父子俩为此还有过争执。

谈话就此中断,双方陷入了尴尬的沉默之中。百子意识到,和堂哥曾经一起打闹的欢乐童年已经一去不复返了,二人之间隔了一个名为"人生"的第三者。

看到百子拿着账单站起身来,一哉赶忙说道:

"我来付,我来付!"但也只是象征性地阻止了一下,之后便说道,"那就不好意思了。我根本没带零钱。"

走出咖啡厅,两人优哉游哉地走在日渐西斜的街道上。百子原本因为今天完成了一项重要的工作而颇为愉悦的心情,此时渐渐地低落下去了。在一家运动用品商店前,有两个小孩把鼻子抵到橱窗上,专注地盯着陈列在玻璃窗里的棒球手套,似乎在幻想那个他们无论如何也买不起的手套戴在手上的感觉。其中一个孩子伸开手指,从玻璃上方比划着手套的形状。

"你接下来去哪儿？"

"去饭仓片町。"

百子随口说道。

"你未婚夫家吗？"

"嗯。"

"是吗？我刚好要去涩谷那边，那就跟你走到六本木吧！"

这句话很难拒绝。于是百子和他一起搭乘电车。也许是一哉觉得一个人太寂寞了，明明没什么话题可聊，但只要能跟在百子身边就会安心。就像黏着母亲的孩子，默不作声，让人觉得心疼，所以百子也不好冷落他。但渐渐地也有些气恼，因为她本想特意去郁雄家门口转转的，这下又被莫名其妙地打乱了。

到了六本木，百子才终于松了口气。

"那就再见啦，我从这下车走过去。"

"哦。"

但当百子下车后回头看时，发现一哉不知何时也下了车，双手插在外套口袋里，就站在她身旁，就像一个毛线团的线头被人钩住了，于是整个毛线团也紧跟着滚过来一样。

"咦，你是在这里下车吗？"

"不是，我不知怎么地就跟下来了。反正你一走我就觉得特孤单。"

他小声喃喃道。百子也不好再拒绝他了。

"那怎么办？"

"一起走吧！你不是要去未婚夫家吗？"

"呵呵。"

百子无奈地笑了笑，顺着马路往前走去。转念一想，自己一个人在郁雄家周围晃悠，显得既可悲又可怜，现在刚好有一哉作陪，倒没那么难受了。

于是一哉默默地跟在百子身后。沿着行人稀少的马路，二人一起往饭仓片町走去。

郁雄家位于电车道右侧，是一幢钢筋混凝土小洋楼，搭建在一面遭受过火灾的石墙上。所有细节都体现出了他父亲追求简便和实用的理念，一个兼具会客厅、起居室和餐厅功能的大间就占了一楼的大半面积。二楼是郁雄的书房兼寝室，还有家人各自的寝室。

从石墙下仰视郁雄的房间，只见窗户被蓝色的百叶窗所遮挡，可以想象一学起来就会变得很神经质的郁雄完全将外界的干扰隔断了，此刻正坐在书桌前全神贯注地学习。

周围很少有行人，寂静无声。电车的声音隐约可闻。郁雄家的房顶上飘着一朵早春的云。

在百子痴痴地仰望的同时，一哉则在一旁喷云吐雾。

百子内心一片平和。来过这里之后，她的心里终于获得了安全感和满足感。

"好了，回去吧！"

她催促一哉。

"啊，这就行了吗？真搞不懂你！"

一哉嘴里说着，一边跟了过来。之后再也无事发生，两人在六本木道别，各自乘上开往不同方向的电车。

百子径直回了家。

四

百子刚回到家便吃了一惊。

一进到店里,之前带着去书市的那个年轻店员就飞奔过来在她的耳边低声说道:

"郁雄先生来了,在小姐您的房间里等着呢。好像脸色不太对,据说是匆忙搭出租车赶过来的,非要在房间里等您回来。我们给他端茶的时候,他的脸也一直冲着另一边呢。"

发生什么事了?百子一头雾水。

她急急忙忙地跑上楼。拉开拉门,四周一片昏暗,屋里却没开灯,郁雄穿着深蓝色的毛衣,坐在火炉旁边,背对着她。那一瞬间,百子忽然有一种异样的感觉,觉得世界上有两个郁雄存在。

原来两人走岔了,郁雄也刚好想来见见自己。这个想法让她欣喜,于是走过去抱住郁雄的肩膀轻轻摇晃,又用细项链上的金色装饰在郁雄因新剃过而发青的脖颈上来回摩挲,但郁雄并没有抬头。

"你为什么要打扰我学习呢?你不知道我一直都在憋着吗?说到底你就是想让我考砸了,然后婚期就能无限期地往后拖了是吗?如果不是,怎么会……"

"你说什么?怎么回事?"

百子一头雾水,她坐直了身子。

"你刚才不是特意找我去了吗?我在学习呢,你还让我看到。起码你得让我安静看会儿书啊!"

在听郁雄说话的过程中,百子渐渐知道是怎么回事了。

原来,当百子站在郁雄家门前时,郁雄也正从百叶窗的缝隙中向户外眺望,看到百子和一个陌生男子一起走来,在户外徘徊一阵后就走了。郁雄很想立刻冲出去见百子,但碍于百子身边还有个男子,只好作罢。

等百子离开后,他思来想去,坐立不安,于是拦了一辆的士直奔百子家。他打算一直等到百子回来,哪怕是等到半夜也行,只为弄清事情的原委。

郁雄原本很愤怒,但在听百子辩解之前,百子几乎和他前后脚到了家这件事已大大加速了他回归冷静的时间。

年轻的店员被百子叫过来作证。

"对,那位先生是住在神田的亲戚家的少爷,外套是深褐色的,围巾是黄色的。"

年轻的店员像向警察提供证言似的,连一哉衣着的颜色都说了。

——百子虽然很生气,但渐渐地,幸福感开始在她内心疯狂滋长。

"郁雄吃醋了。虽然这个人在订婚之后就显得冷淡了!虽然开始复习备考以后他就跟忘了我一样!"

无法抑制的微笑从她的嘴角泛滥开去,而那种微笑像是会传染一样,也转移到了郁雄的脸上——不知何时,他那独特的酒窝又浮现出来了。

"哎呀,我做了件丢脸的事!"

"哪有什么丢脸的?很好啊!哎呀,这个时候说很好,是不是怪怪的?"

"真是的,我成了一个爱吃醋的老公了!"

两人抱在一起,来了一次长吻。

"今晚是不是就可以好好学习了？"

"嗯，绝对可以！"

郁雄回答道。当晚他留在百子家吃了晚饭。配合对此事一无所知的百子父母聊那些死板的话题真是费了他不少劲。吃过晚饭后，为了不让店员们看到，在百子和斯皮茨犬的护送下，他偷偷地从后面的小木门离开。

三月

一

　　这天早上，宝部夫人没有看报纸。或许这天宝部家中认真看了报纸的也只有女佣了。郁雄的父亲宝部元一一般只看报纸的头一版、国际新闻以及经济栏目。要是有人谈起颇受好评的报刊小说，他就会很诧异："啊，现在都流行在报纸上刊登小说了吗？"虽然他也曾说过："不过在你们还小的时候，报纸上就有小说刊登了呢！"说是这么说，但他还是一副大惑不解的样子。大家都觉得这是宝部元一特有的炫耀方式，但实际上他对此真的毫不关心。

　　郁雄在为考试忙碌。首先，就算是最近新闻报道了惊天动地的大事，也不会对法学部的考题产生什么影响。因此，在考前浏览报纸，只能说是浪费时间。

　　宝部夫人则完全是心血来潮，有时她会把当天的报纸从头到尾，包括招聘广告都给读了，也可能连续三天一个字都不读。这一天她就没有读报纸。

　　这是三月上旬一个寒冷的日子，从早上开始就一直下着小雨。

两三天前阳光还明媚得像五月的阳春一样，不料这一天却发生了一百八十度的大转变。这不禁让人感觉如果小雨一直下到晚上，可能会变成下雪。

把丈夫和儿子送出家门之后，宝部夫人在三面镜前一屁股坐了下来，那样子就像是一个巧手的工匠在制作一件精巧的工艺品。

宝部夫人受邀去参加一个午餐会。午餐会通常从十二点半开始，饭后就开始闲聊，一直到下午四点收工。午餐会的名字叫做"彩虹会"。名字很美，但据说，这个彩虹的寓意并非是带有抒情意味的那种彩虹，而是用于形容大家气焰如虹。

会员共有十人，大家轮流做东，每月一次，几乎无人缺席。这个月轮到了N夫人。起初这是一个对镰仓雕漆感兴趣的中年妇女集会，但不知从何时起镰仓雕漆就被抛到一边，成了每月一次的午餐会。

如果是N夫人主办，她通常会邀请大家到她先生担任大股东的城市大酒店去。因为大股东能享受特权，可以吃到价廉物美的饭菜。

城市大酒店原本是日本宫内省的一栋建筑物，面向护城河一角，在被美军占领并接管后被改造成酒店，接管解除之后变成了一家股份公司旗下的酒店。

宝部夫人化妆大约花了一个多小时，用了各种各样的乳液和化妆水。郁雄每次见到她时，就会联想到那些因为要坐飞机出去旅游，于是拼命把一沓沓钞票往身上藏的人。宝部夫人化妆时就是考虑到了这种概率，觉得把这么多东西往脸上招呼，那肯定会有几样是管用的。

穿衣服就更费劲了。穿上和服长衬衣，再套上和服，扎上带子，不喜欢，于是解下带子换了和服，又对刚系上的带子不甚满意，于是换另一根系上，接下来又轮到折腾和服外褂……宝部夫人刚刚还觉得这件和服外褂无论如何都要穿去，转过头又觉得不喜欢，于是一切又重新来过。前来帮忙的女佣因为中途有推销员上门来，于是想去一下厨房那边，又怕挨骂，于是很是困惑，只得一脸茫然地坐着，等着夫人能找出这个和服、带子和带扣组成的复杂方程式的答案。

"啊，弄好了！"

夫人照了照穿衣镜，用手掌轻轻拍了拍和服带子，这便是最终答案做出来了的标志。最后她用喷雾器在颈部和胸口喷上自己喜欢的克里斯汀·迪奥牌香水。

宝部家没车。丈夫开的是公司的汽车，夫人则乘坐出租车。当需要去那些讲究排场的地方时就包一辆出租车。今天就是包的车子。

女佣打着雨伞，护送她从玄关沿着石头台阶一直走到大门。

"下雨天真是太讨厌了。尤其偏偏挑今天下，这就更讨厌了。讨厌的雨啊！要是不下就好了。"

"下雨天真的挺讨厌的！"

女佣的父母都生活在农村，靠雨才能生活，但此时农村出身的女佣也只能附和几句。

车子发动之后，夫人还是有点不放心，于是又从手包里掏出手镜，仔细检查脸上的妆容效果——一切都很完美。

——车内有暖气，暖烘烘的。她突然想到现在正在参加考试的儿子。

"这孩子念书从不用我操心。如今社会上游手好闲的青年那么多，居然也有像他那样一心只顾念书的大学生，世界真大。"她就像在看待别人家的事情一样，"本来因此对我们家孩子挺放心的，可是他突然就谈起了恋爱，甚至还订了婚。所以家里有男孩的，可不能掉以轻心了。要搁以前，这种门不当户不对的婚姻是会被人耻笑的。不过现在是民主社会，大家也不是很在意这些了。而且，虽然对方父母的确没什么教养，但似乎很有钱……至于百子，她是有点好胜，倒算是个好孩子。嗯，这种情况我必须得忍……总之，如果我摆出做婆婆的架子，她会觉得我像个老太婆，那可就得不偿失了！"

思考间，车辆穿过皇居前面那湿漉漉的松树林，进了位于护城河边的酒店正门。在一阵车胎与潮湿的碎石路摩擦发出刺耳的刹车声过后，车子完成了一次优雅的掉头。

像往常一样，宝部夫人又迟到了。服务生把她带到位于护城河畔的一个房间里。房间门口立有一块黑色的牌子，上面用白色的涂料写着"彩虹会宴席"。

大家都到齐了，都在等着她。

"哎呀，你迟到了呢，宝部夫人！"

——身材略胖的宝部夫人可不会巴巴地等别人这么说。

"哎呀，不好意思，不好意思，我来得太晚了！都怪我们家的钟走得太快了！"

"钟走快了还迟到，是不是说反了啊！"

"就是因为钟走快了，我就觉得还早，所以放心了，可今天早上不知道谁又把钟给调准了。我根本不知道啊！我们家经常在我不知道的情况下发生一些奇奇怪怪的事，就跟闹了鬼一样。真的哟！昨天不也是吗，壁炉里突然蹦出来一只迷路的小猫。肯定是从烟囱里掉下来的。"

宝部夫人的这番话瞬间把大家绕晕了。

"大家都到齐了吗?"

一个头发花白的服务生总管走过来问道。

"齐了!"

"好的,各位的饭菜都准备好了。"

众人陆陆续续往屏风后面的餐桌走去。在白得晃眼的桌布上,装饰着从温室中培育出来的属于春天的花卉。房间的玻璃窗正对着烟雨迷蒙的护城河,河对面依稀可见一幢幢位于街道两旁的灰色楼房。每幢楼房的烟筒都冒着暖炉散发出来的黑烟,这使得本已发黑的天空愈发昏暗。

法国吐司、鹌鹑蛋、烟熏三文鱼、奶酪、红芜菁、鱼子酱、橄榄果、芹菜、百果馅饼、鱼冻……冷盘被一一端上来。女人之间肆无忌惮的杂谈开始了。她们似乎要聊到世界毁灭了才肯罢休。

……宝部夫人性格开朗、不拘小节,却也具有这类人特有的灵敏的第六感。在她看来,今天的聚会有点反常。要说到底哪里不太对劲,那便是,似乎大家对她有点客气,这使得有时候话题会突然停滞。

"刚才我迟到了,刚进来的时候……"宝部夫人心想,"好像她们在说我什么闲话,见我来了就突然都不说话了。为了弄清是怎么回事,我才表现得有点夸张,以掩饰我迟到了。"

想到这里,一向食欲颇佳的宝部夫人忽然就没了食欲,等喝完汤之后,她已经没有了等着鱼肉上桌的心情。其他人都在你一句我一句地奉承今天的女主人,什么"菜品不错啊""太美味啦"等等,唯有宝部夫人心里想的却是"这菜真是难吃死了"。

总算吃完了这顿索然无味的饭。众人换到别的房间去喝咖啡。随后的闲聊将会持续到四点半。

在这些人当中，宝部夫人有一个特别好的朋友，那就是同龄的R夫人。这人言行肤浅，没什么坏心眼，就是喜欢玩，作为玩伴来说再理想不过。

宝部夫人再也按捺不住了。她把R夫人拉到窗边的椅子前坐下，递给她一支烟后问道：

"我怎么觉得今天大家有事瞒我？是什么事，你知道吗？"

"哎呀你太敏感啦！你这人吧，就是太敏感。"

R夫人笑的声音听起来有点反常。

"快说啊，别吊我胃口了。"

"你保证不生气我就说……"

宝部夫人这下更沉不住气了。

"有什么你赶紧说吧，真烦人！"

"那我可就说了。就在你进来之前，B夫人说起了今早报纸上的新闻。还有两三个人也说看过了。然后大家都猜你会不会是因为被那件事缠住，所以今天就不会来了。但你还是来了，和往常一样，神采飞扬，所以大家都觉得很意外。"

"什么啊，今早的报纸说什么了？"

"啊，你不知道吗？不会吧？！"

宝部夫人大声说道：

"可我根本就不看报纸啊！"

"你吓我一跳！"R夫人这次是对宝部夫人声音太大而感到不满。

"那个，郁雄先生的未婚妻家尊姓木田，对吗？说有一个旧书商的儿子，叫木田什么的一个年轻人，跟朋友合伙用金蝉脱壳的手法诈骗一家西服店，结果被抓了。据说是因为他迷上了在银座酒吧上班的一个女人（R夫人说到一半时有意识地用了敬语），手头缺钱去玩，所以……"

宝部夫人顿时脸色煞白。R夫人吃了一惊，立刻闭口不言。

二

……宝部夫人中途离席了。这是理所当然的。

可是宝部夫人不是更应该理所当然地直接坐车到百子家，亲切地和对方交谈，再讨论一下善后方法吗？但她却一溜烟似的回了家。回到家之后，把报纸仔细读了一遍，开始独自思考起对策来。

和去时不一样，在回程的车上，她在心里不断地发着牢骚。

"我就说嘛，我的直觉是对的！根本就不应该让他和那种家庭出身的女儿订婚嘛！"

不仅如此，夫人还有着更为惊人的想法。费尽心思地化了妆，满怀期待地出门赴约，结果心情被搞得乱七八糟的，这都怪百子的家庭，她想。她的自尊心受到了伤害，那种伤害由她亲手挖出，在此过程中不断加深，直到可以用"被在场的所有人耻笑"这一夸张的语句来形容。

但夫人内心仍存有源于母爱的良知。

"为了孩子，为了不影响他考试，什么都不能让他知道，我必须一个人想出对策来。"

……到家之后，夫人的不快彻底爆发了。一进玄关，她就咬牙切齿地对前来迎接的女佣咆哮道：

"把今早的报纸都找来。马上！全都找过来！拿到二楼起居室去。马上啊！"

要是往常，夫人一回到家就会先换一身衣服的，此时她只是一屁股坐到二楼起居室的椅子上，连腰带都顾不上解。

女佣把报纸送上后就走开了。夫人瞄了一眼关上的房门，然后就跟一个中学生在偷看一本不太正经的书一样，提心吊胆地翻看报纸的社会新闻版。那里用很大的标题写道：

专骗西服店的金蝉脱壳诈骗团伙落网　旧书商儿子是团伙头目
　　六日晚，一个二十二三岁的男子来到位于池袋的女性西服裁缝店"留美"……

报道大意如下：走进"留美"的男人，即木田一哉说，"我姐昨天在你们店里看中了一匹上好的布料，但当时身上没带钱，就让我今天过来买了。"他从店里买了两匹上等进口布料，但还差一匹，于是老板娘就给批发商打电话，让他送货过来。

在等批发商送货的过程中，一哉表现得很活跃，他自称是职业棒球选手，并且聊起棒球的话题也头头是道，以至于女店员都跟他索要签名了。但一哉又表现得极为谦逊，拒绝了她的签名要求。

这时批发商来了。他也对一哉深信不疑。

"我去拿一下钱就回来。"

一哉说完就出去了。等了大概十分钟，他忽然上气不接下气地跑了回来。

"哎哟，职业选手跑个步也这么气喘啊？"

老板娘揶揄他。一哉说道：

"臭小子！一步之差，麻烦可就大了。付钱的那个人，现在，现在，到神乐坂那边的酒店去了。能跟我到那边拿一下钱吗？不好意思，麻烦你们了，能让店里人拿着布跟我去一趟神乐坂吗？"

之前求他签名的那个女店员这下就想跟他走，老板娘制止了：

"那可不行！我们店里的女孩子可不能去酒店那种地方。明天不也行吗？布我给你留着，明天你拿了钱再来吧！"

"没关系，我跟你去吧！"

批发店老板在一旁插嘴说道。他是急着要卖货拿钱。

老板娘没办法，于是把自家店里的两匹布交给了批发店老板。他总共拿了三匹布，跟一哉走了。

到神乐坂之后，一哉率先朝一条阴暗得出奇的小路走去。

"这地方有点古怪啊！"

"就快到了！我去跟人家交涉一下，这期间你就到那边的寿司店喝杯酒吧。"

两人又走到了敞亮的地方，从一家烟草店门前经过。

"这些东西看起来很沉啊，不如你先把东西寄放到这家烟草店再走吧。"

批发店老板跟他走了那么远，也觉得手里的东西变得沉甸甸的，于是稀里糊涂地就答应了。一哉买了一包和平牌香烟，然后把装有布匹的行李存放到烟草店里。

接着他带批发店老板进到一家附近的寿司店，自己也浅酌了一杯，然后说道：

"那你先坐一下，我马上回来！"

然后就起身离去。

过了大约一两分钟，老板仔细一想，突然觉得心里很不安，于是跑到烟草店去查看，不料一哉早就把行李都拿走了。但也就一转眼的工夫，于是他赶紧朝着旁人给他指出的方位追了过去。正好看到一哉拦下一辆出租车坐了上去。老板惊叫一声后立刻找个地方藏了起来，并悄悄把出租车的号码记了下来。

由于联络及时，警方立刻发令通缉，很快，载着一哉的出租车就被巡逻车给截了下来。

根据被捕的一哉的交代，他手下在各地都实施了同样的金蝉脱壳手法诈骗。于是他自封为团长，取专设笼子给人钻之意，起了个"竹笼团"的名字。这次犯案是因为和银座"小姐"酒吧里的一个女郎好上了，需要用钱，又不想和手下分赃，于是瞒着手下单干，想赚上一笔，结果失手了。

宝部夫人仔细比对着读完了所有的报道。

"既然是神田一带姓木田的，那应该是百子的亲戚了，这个叫做一哉的男人应该就是百子的堂哥了。唉，要是只是堂兄妹，那问题倒不大，不是亲兄妹还好……"

但夫人的安心转瞬即逝，她又想起刚才"被在场所有人耻笑"的经历。于是自尊心又感受到了严重的伤害。

"反正不能就这么置之不理。所谓人言可畏，我可不想再蒙受这种耻辱了……必须想个办法才行……"

三

这一天就这样平安无事地度过了。

郁雄到家后,便一头扎进了书房,和平时没什么两样,所以,夫人猜测他肯定没和百子见面,也没看过报纸。想到这一点,她略感安心。

丈夫半夜时回了家,但夫人想了想,还是什么都没跟他说。

第二天是个大晴天,早春的劲风把尘土卷得四处飞扬。风速高达十五米每秒。

早起之后夫人就显得焦躁不安,在被大风吹得所有窗户都乒乓作响的家中四下踱步。

"怎么说也该联系一下了啊!这个案子都堂而皇之上了报纸了,怎么亲家那边还装糊涂,连个电话都不打呢,这也太欺负人了吧!"

她再也按捺不住了。原先顾及儿子的考试,想将事情消弭于无形之中的,但这个最初的想法不知何时起已经变了,她甚至打算不告诉儿子,一切都按自己的心意去处理。十一点,正午,一点……时间一点点流逝。她心里愈发急躁。如果到下午三点还没打来电话的话,自己就主动出击,然后再根据对方的态度行事……宝部夫人情绪上来了,她已经做好撕破脸皮的准备了。

风似乎也在取笑宝部夫人,它刮得更猛了。窗框边上已经积了一层沙。从二楼的窗户看过去,只见麻布一带的住宅街区的天空都被涂成了黄色。一向胃口不错的她连午饭都吃不下。

终于到了三点。打定了主意的夫人命令女佣叫来了出租车……

雪重堂看上去依旧风平浪静。宝部夫人板着脸下了车,在店门前站定。

年轻的小伙计出来迎接时大声喊着：

"欢迎光临！"

随后就进里屋通报去了。

首先出来的是百子。

在昏暗的店内，隐约可见她身上穿了一件颜色鲜艳的粉红色对襟毛衣。百子显得从容不迫。

"啊，是伯母，欢迎光临！"

"你父亲和母亲都在家吗？"

"啊，在的在的，请进！"

生性敏感的百子看到一向开朗活泼的未来婆婆始终板着脸，隐约感觉事情非同小可。此时木田夫妇来到账房处迎接宝部夫人：

"哎呀，您来了，真是太好了！"

百子的母亲立刻诚惶诚恐起来，忙不迭把账房处的坐垫翻了个面，递了过来。

作为主人的木田先生却依旧沉稳。

"这地方有点脏，您请坐！"然后他俯身到百子的耳边说道："你可别太随便哦！"百子的心头瞬间被一股不安的情绪所笼罩。

"我是为报纸上刊登的那件事来的。"宝部夫人开门见山地说道。

"哦，是那件事啊。"木田敬造说话的语气中没有透露出丝毫的机智，但话语质朴，掷地有声，这一点宝部夫人无论如何也比不过。"自己的亲戚搞出了这么一档麻烦事，可能对府上的名声会有所影响，其实这一点我们从昨天开始也是一直很担心的。"

"既然如此，为什么连个电话都不打过来呢？我们也别见外了，真心希望你们有什么困难都提出来，大家一起商量解决。"

宝部夫人使用了"真心希望"这样的表述，这表明她已经相当恼火。

"听您这么一说，我们真是无地自容啊，我们是打算亲戚们一起商量一下怎么解决这个问题，然后再跟府上详细报告的。"

"话是这么说，但您知道吗，和府上从事同一种职业、刚好又同姓的这么一个人名字都上报纸了，从昨天开始就给我带来了很大的麻烦！"

"哎呀哎呀，真是太过意不去了！那小子本质也不坏，就是他父亲为人太固执，所以才出了这种事。他本来是想上大学的，但他父亲没让他去。怎么说呢，唉，如果处罚轻一点就好了！"

宝部夫人觉得对方是在故意岔开话题，于是语气更激昂了。

"一哉先生到底有多好我不知道，但这件事已经上报纸了，对府上书店的名声就没有影响吗？"

"哦，照我看来，其实影响应该不大。虽然姓氏是一样的，但应该不会有客人弄混的……"

"是这样吗？这事情对我们有影响，反而对府上却没什么影响，说起来很可笑吧？哦，可能跟你们从事的行业有关吧！"

即使遭受了这样的侮辱，木田敬造还是面不改色。

"不是的，夫人。关于这件事，可能会有人说三道四，但很快就会被淡忘的。而且这个问题，府上和我们之间，怎么说呢，如果能彼此了解、坦诚交流，如果真的能相互理解的话，那就不过是一件鸡毛蒜皮的小事罢了。"

"你说这是件鸡毛蒜皮的小事？"

一想到自己在午餐会上所受的侮辱,夫人几乎要哭出来了。

"在我们家,找遍所有的亲戚,也绝不会有谁能做出这么丢人的事。可是,就算到了这种地步,您还说他不是个坏人,这我就很难理解。如果您真是这么想的话……"

宝部夫人感觉是亮杀手锏的时候了。这时穿着浅灰色花纹外套的百子跪坐在门槛处。她神情激昂,眼神犀利,却没有看向夫人,只把脸对着自己的母亲,言辞恭敬地说道:

"妈,我等下去看看一哉,他太可怜了。"没有比这句话更能影响当时的气氛的了。宝部夫人不由得以锐利的眼神看向百子,而百子也毫不示弱地和自己未来的婆婆对视。

四月

一

已经是四月份了，四周蝴蝶飞舞，樱花的季节也来了，新的小学生书包散发着皮革的香味，后背的卡扣闪闪发光。刚入校的小学新生们从我们的身边跑过，或是单腿蹦跳着，或是背对前方倒着走。关于木田家和宝部家之间在三月份爆发的那场争执，我们还得再说一下后续。

话说，从那次相互怒目而视的两三天后，宝部夫人的心理就发生了翻天覆地的变化。百子成了她的敌人，成了恶魔，成了女鬼。她想，要是把郁雄交给脾气那么暴躁的女人，早晚郁雄会生不如死的。何止如此，甚至她的眼前还浮现出了这样一幅场景——百子就像某地一个女医生一样，笑嘻嘻地把加了大量氰酸钾的乌冬面或是其他类似的东西让郁雄吃下去。

即便如此，夫人也没有把这件事告诉郁雄。这倒不是出于让他顺利完考的考虑，而是有了很明确的一个策略，那就是在瞒着儿子的情况下，斩断两人之间的关系。

而在夫人下定这个决心之前,从和夫人怒目相对的那一瞬间开始,百子就已经猜到了。她急切地想要尽快见到郁雄,但问题是,郁雄还处于考试期间。

就这样,两个女人各自怀着忧虑和期待,都费尽心思地瞒着郁雄。其实想想就知道,这已经超出常识了。考试这件事,真的是那么神圣不可侵犯吗?就拿百子来说吧,这次郁雄的考试成绩虽然对结婚影响重大,但再仔细想想,危机都迫在眉睫了,其实没必要再顾忌郁雄的考试了。

但对百子来说,悄悄去和郁雄商量这件事有失公允,因为问题已经变成了宝部夫人和自己的对决。

……

在事态一触即发、最白热化的阶段,即宝部夫人到访之后刚好过了三天的那天早上,一个电话打到了雪重堂,说要找百子。

"谁打来的?"

"这个,对方没说名字,不过是位女士。"

"啊?"

百子头发乱糟糟的,由于昨晚没睡好觉,头也昏沉沉的,她费力地摇晃着脑袋走到了电话跟前。

"哦,是百子吗?"

说到这里,对方犹豫了一下。

"喂,你是哪位?"

"是我,宝部……"这声音正是宝部夫人的。百子胸口一阵悸动,一时间答不出话来。宝部夫人似乎也觉察到了这一点,于是用爽快的声音一个人滔滔不绝地说了起来:

"上次真是太失礼了！我手头多了一张今天的票，是戏票。如果方便的话，一起去看好吗？其他客人都是和我很聊得来的朋友，你迟早都要和她们打交道的。歌舞伎你喜欢看吗？如果觉得无聊，就在那里打个盹也没事！我就是这样的，经常一整幕都在那睡觉。尤其是新作品，最无聊了……夜场四点半开始，票我存放在歌舞伎剧场的接待处了。哎，你可一定要来哟，好吗？剧目有《鸣神》《寺子屋》《岛千鸟》，还有什么？啊，对了，是《箭袋猿》。一定要来哦，一言为定啊！好了，稍后见！"

顾不上答话，电话就被挂断了。百子一头雾水，究竟怎么回事，她完全摸不着头脑。宝部夫人的声音就好像天使一般，非常的温柔，充满了慈爱。即使电话挂断之后，百子的耳朵里依旧萦绕着她甜美如蜜的声音。

百子想和父母商量一下，但转念一想，这种时候总是由自己一个人做出决断的，这也是自己性格上的优点。无论如何，自己都要出门去跟宝部夫人见上一面，届时自己心里就会有新的判断了，凡事不能先入为主。

和郁雄约会时百子就总迟到，这一天也是，比四点半晚了大约二十分钟才到了歌舞伎剧场。但今天这次迟到还得怪她那双腿不争气，没能让她走得更快。

百子没有特意换上华丽的和服，只穿了一件富有春天气息的浅粉中带些灰色的晚礼服，戴着的则是费尽心思才找到的同一色系的春季蕾丝手套。

在歌舞伎剧场门前，每当午场和夜场换场时都会聚集一大群人，此刻已看不到太多人了，空荡荡的广场上也有观看今天这场表演的旅游团的大号旗子在飘扬，有两三名迟到的游客正从接待处那里接过装着便当的袋子。

百子问了一下入口处负责检票的小姐，走了两三级台阶，往大厅右侧的接待处走去。一个穿着淡绿色制服、面容和蔼的中年妇女问道：

"是宝部女士留的票吧？有的，在这里。"

说完，亲切地把票递给了她。

百子眼睛习惯了户外的亮光，推门进入剧场时，只看到在一片漆黑之中，舞台如梦如幻地漂浮着，发出辉煌耀眼的光。这一瞬间是舞台最美丽的时刻。舞台的左侧装饰着蓝白竖条纹布景的瀑布，周围是深山幽谷，舞台的右侧有一间庵室，一名身穿白衣、神色可怖的上人端坐其间。舞台上的两名僧侣也身着白衣。在这个冷色系的舞台正中央，云中绝间姬穿了一件绯红色绫布和服，宛如一朵大大的牡丹花。此时，舞台上正在上演第一个节目《鸣神》。

顺着提示找到的座位位置果然绝佳。那一带的座位因舞台映照而显得十分明亮。当百子从四五个人前面经过，往自己的座位走去时，膝盖上摆满了便当盒、热水瓶、点心盒或是水果的女观众们很露骨地做出厌恶的表情，还有人咂嘴表示不满。

落座之后，百子俯下头小声说了一句：

"对不起，迟到了，今天真是太感谢了。"

这是她俩自前几天怒目相视后第一次会面，想到这里，她脸都僵了，不敢正视宝部夫人的侧脸。

但宝部夫人似乎毫不在乎。她略微显胖的脸上满是慈爱，看百子的眼神就像是见到了几十年没见的爱女一般：

"你能来我就很高兴，真的很高兴！来，我给介绍一下，这位是R夫人。"

R夫人从夫人另一侧的邻座探出头来，笑眯眯地和她打了下招呼。

宝部夫人的声音逐渐高了起来：

"这是剧情简介，你拿着看吧。对了，我带了巧克力，要不要吃一块？"

前座一个看起来很顽固的老人忽地转过头来怒视了她一眼，宝部夫人这才不再说话了。舞台上，云中绝间姬正在回忆自己那缠绵悱恻的恋情，鸣神上人把身体探到扶手外，催促她继续往下说：

"然后呢，然后怎样？"

……

等《鸣神》演完，到了幕间休息时间里，夫人会跟她说些什么呢？夫人满脸堆笑的态度莫非反倒是要宣告婚约取消的前奏？这么想着，她的眼睛虽然注视着舞台，内心却久久无法平静，只看到一团团杂乱无章的色彩漩涡在眼前晃动。

百子担心的事情并没有发生。到幕间休息的时候，夫人立刻聊起了郁雄的话题，说他学习是死用功，不注重效率，所以才花了那么多时间；就算是考试再忙，和未婚妻一起去看场电影的时间和心情都没有，那不行的……百子越听越困惑了。

R夫人也笑眯眯地夸赞起百子的容貌和穿着的得体。热闹异常的观剧之夜就这样结束了。回程时，宝部夫人让出租车把她送到了家门口。

宝部夫人没有下车,只是说了一句:

"代我跟你父母亲问好!"

百子这下领悟过来了,原来未来婆婆前阵子发起一次突袭后连自己都觉得羞愧了,于是想通过百子间接地寻求和解,只是变化突如其来的原因她依旧百思不得其解。这就跟苏联的和平攻势一样,太过于出其不意了。

等百子和木田一家看到第二天早上的报纸上出现了带有一个特大标题的报道之后,才终于明白原因所在。

……

在邀请百子去看戏的前一天晚上,宝部夫人焦急地等待丈夫回家。

宝部元一每次回家都很晚。数十年如一日地参加宴会,按理说早该烦了,但他至今依然很热衷。虽然不怎么爱喝酒,但却喜欢一本正经地当众说一些荤笑话。同样是这个人,一回到家就像是虚脱了一样,瞬间变成一个干巴巴的、空虚的人。

夫人走过去迎接半夜一点才到家的丈夫,然后往壁炉里添了一把干柴。喝完酒回家的元一有喝咖啡的习惯。他用咖啡来解酒,同时把咖啡作为他的催眠剂,这一点有些奇怪。

"听郁雄说今天考试挺顺利的。"

"今天考什么?"

"他说考了民法。"

"哦。"

对于家里的事，除非一定要让他拿个主意，否则他一贯不喜欢说三道四。

经过两天的纠结，夫人终于还是把问题提了出来。从报纸上的报道开始，然后是百子的态度，最后说到必须要重新考虑他们的婚约一事。元一把脸转到一边听完之后问道：

"这些话你和郁雄说过吗？"

"没有，他不是在考试嘛！"

"问题就在于我们最后要怎么办了，"元一用喝苦药的表情抿了一口咖啡，"有件不寻常的事情上了报，它关系到我们家的面子问题，对吧？"

"是啊！"

"那就扯平了。你猜我今天去哪了？去警察局了！"

"啊？你也去诈骗人家了？"夫人显得十分惊慌。

"别胡说！不是我，是信次郎！"

元一说出担任高官的亲弟弟的名字。

"啊，信次郎先生诈骗人家了？"

"什么诈骗！那家伙和贪污案扯上关系了。这次看来逃不掉了。事情很麻烦呢！报社还没闻风而动，但过两三天肯定会上报纸头条的。宝部家的姓名可从来没有这么大张旗鼓地上过报纸呢！唉，总之，这事很麻烦。相比较而言，木田家的那个诈骗案根本就不值一提嘛！"

宝部元一的威风抖得很不是时候。

当晚，宝部夫人又开始绞尽脑汁地思考。最后得出一个结论，那就是在这个天大的耻辱被报纸报道出来、被木田家的人嘲笑之前，必须尽早采取行动。

第二天早上，信次郎夫人打来电话，以颤抖的声音说道："今晚我不能去看戏了！"

宝部夫人于是立刻给百子打电话，然后赶到信次郎家去探望，最后赶去歌舞伎剧院看了夜场的表演。

……就这样，在郁雄一无所知的情况下，和百子之间的事情就全解决了。第二天一早，看过报纸的郁雄对母亲说道：

"叔叔被抓了啊！"

"是的，真叫人头疼。但他绝不是那种为了中饱私囊而以身试法的人。"

"可是'宝部'这两个字写得很醒目啊。要是我，现在，除非因为殉情，我可不想出现在报纸上啊！"

"别说这些不吉利的话！"

"木田家要是看到这个报道，肯定会说点什么的吧！"

"啊，你不知道吗？木田家一个亲戚前几天也因为诈骗案上了报纸呢，这算扯平啦！"

夫人轻描淡写地说道。

二

……时光飞逝，我们现在来到了春光明媚的四月。

郁雄的春假再有两三天也就结束了，所以他和百子每天都在一起。

百子很希望两人婚后能搬出去过二人世界。郁雄很难理解百子为什么会说出这番话。记得订婚的时候她已经很满足了，现在却对婚后的生活等提出了条件,这可不像百子的风格。郁雄多次追问,终于把三月份发生的事情问了个一清二楚。

他爽朗地大笑起来,并没有因为这种问题而变得歇斯底里,这或许就是他最大的优点。如果为了维护未来的妻子,以多愁善感的英雄的姿态去对自己的母亲横加指责,那么,这样的男人,百子反而会觉得不可靠。不管怎么样,这次是因为郁雄要考试,情况特殊,情有可原,但他让百子作出保证,今后不管发生什么事,百子都必须立刻跟自己商量。他严肃地指出,二人之间绝不允许存在任何的小秘密。

"我们这样每天见面,哪还有秘密存在的空间呢?"

"即便是开学我回校上课了,也不允许有。"

"啊?可你只要肯花五分钟,不就能到我家走一趟了吗?"

实际上,百子的家就在大学正门前面,确实很便利,但也让郁雄有些苦恼。他能理解百子想在婚后另筑爱巢的心情。不管怎么说,两人的爱情能得到大家认可,这是无比幸福的,但如果那些认可他们的人总在身边打转,还打扰到他们了,那就另当别论了。

另外,郁雄不想让每天离开学校之后都去雪重堂兜一圈这件事成为自己的日常习惯,这和爱不爱百子是两码事。刚订完婚时堂而皇之地出入雪重堂所体会到的新奇和自豪感,店员们那饱含敬意的眼神,有时充当店员接待来店里光顾的学校朋友们时那些有趣的场面,这些渐渐地都叫他厌烦。他一心只想着让百子脱离这种环境,好好地去爱她。

但想让百子理解这些想法很难。他需要一边呵护彼此的感情,一边按照自己的想法去做。

"怎么说呢,我只要从学校一出来就去你家,你也总在家,我认为订婚后这种交往方式不太合适。"

"啊,为什么?"

百子其实大致能明白郁雄想说什么,但偏要故意这么问。

"我们需要多享受一些约会的快乐,享受二人世界。但大家都太认可我们了。每次我去你二楼房间的时候,女佣端茶水上楼来也会蹑手蹑脚地。这么一来,我们就等于是在众人的围观当中故意秀恩爱一样,不是吗?"

百子被郁雄的这番话说得有些动摇了。

"大家都太认可我们了",这句话中不涉及将来,只有对于未被众人认可时的交往的留恋,或说是一种乡愁。

"郁雄已经把我们俩的爱情封印在回忆中了!"百子有些失望。因为她始终觉得,恋爱就像一列火车,它会不停地往将来,再往更远的将来轰隆隆驶去。

"你是说,我们应该像过去一样?"

百子终于开口问道。

"不是。只不过,我们的交往需要跟日常生活脱离开来。"

"我懂了。"

百子似乎想到了什么,眼睛滴溜溜地转着,笑着,没再说什么。

三

二人之间达成了一条协议。

每周都在固定的日子相见,太没意思了,于是他们变着花样约会。比如，郁雄放学以后就往市中心走，到那边后给百子打电话，把她叫出来，然后二人一起去看电影；或是郁雄去看一位画家朋友的画展，然后顺便在那里等百子过来；诸如此类。

对了，刚好那时候郁雄中学时的一个朋友成了画家，在银座的一间小画廊里办起了个展，每次都有两三个朋友轮流去帮忙，负责登记接待或是看守。

对郁雄来说，这位名叫高仓精二的朋友相当有趣，属于另外一个世界的人。他所画的东西很极端，让人不知所谓。这些画并非源于什么理论或主义，纯粹是他个性的表达。他以前的外号叫"豆象"。中学时他有个特长，那就是上课时吃便当。嘴巴不动，但照样可以嚼。老师一在黑板上写字，背对着学生们时，豆象就会咔嚓咔嚓地吃上一两口，看起来相当的美味。课间休息时，他喜欢用小刀在课桌内侧专心地刻一些画。他所刻的老师画像每一个都很生动，表情看上去既滑稽又很悲伤。郁雄后来想起这些事，认为一个中学生竟然能如此深刻地把握住老师的特点，可见他观察人的才华不容小视。

但如今高仓所描绘的人物大体上要么像锅，要么像变形虫，反而他所画的静物非常像人。比如，玫瑰花束看起来像饥饿的人群，厨房用品则像是被生活压垮而显得阴暗的人脸。

高仓的画作最近多少受到了媒体的关注。他矮胖的身材一如往昔，但性格时而开朗时而阴沉，就像是光和影交错在一起一样复杂，也许是这些年的人生经历造成的。

郁雄对自己所学的那枯燥乏味的学科很反感，对艺术家却很感兴趣。所以当高仓拜托郁雄放学后过来帮他看一下店时，他立刻答应了。画廊下午六点关门,两点到四点期间由郁雄负责看守。于是他就给百子打电话,约她四点之前过来,等交班了就一起去逛银座。

百子就是百子,她觉得郁雄搞这么麻烦其实就是想找些刺激。那么,如果还按所约定的去执行就没意思了。

"反正他在画廊等我,没关系,我就晚二三十分钟再去吧。扮成一个学画画的学生,戴一顶贝雷帽去,非吓他一跳不可。"

郁雄隔着玻璃热切地注视林荫道上来来往往的行人。墙上那些画他早就看腻了,透过画廊中的一扇玻璃看过去,银座更像一幅新奇的、不可思议的风景。街灯朦胧,离性感的春日傍晚还早,对面的大楼还在沐浴夕照,但这头已经有些暗了,所以画廊中也亮起了灯。

短暂外出的高仓带了一个女人回来,此时已经是四点二十了,郁雄当值的时间早就过了。

"哎呀对不起,让你久等了。"

高仓用烟斗前端敲打着自己的额头说道:"你的未婚妻还没来吗?"

"嗯!"

"我给你介绍一下,这是我们团队中的本城茑子小姐!"

女画家微微点头向他致意。如果不是经人介绍,根本看不出来她是一个画家。她穿了一件左右两只袖子特意使用相反颜色做成的西服,是时下流行的低腰紧身外衣,眼睛下方甚至还画了眼线。大约三十岁,是个大美人,但脸上不带丝毫笑意。

郁雄打心底不喜欢这个女人,或许是觉得她给人一种压迫感。

女人沉默了一会,坐到椅子上,点了根烟,以傲慢的态度四下看了看高仓的画。

"嗯,要说能达到'中等'的就是那幅画吧!"

"啊,今天评论家 N 先生来过了,他也夸了那幅!"

高仓对这个女的相当客气。女人把眼光从挂满画的墙的尽头处转移到郁雄身上,毫不客气地打量着穿着学生制服的他。过了一会儿,她站起身来。

"高仓先生,你会一直在这儿的吧?"

"对啊,我可不敢求你帮看店。"

"那么,我请这位先生去喝个茶再回来。"

郁雄吓了一跳,抬头看着她。女人和高仓都神色自若,他有点不知所措了。

"可是,我在等人呢……"

"那人还没来呀,没关系,给她带个话就行。"

"可是……"

"没关系的,宝部,我会转告你未婚妻。你们去哪家咖啡厅?"

"我也不知道。"

"不知道可就不好办啦!"

"这有什么关系,我一会电话告诉你。"

茑子一脸威严地走了出去,为了拒绝她,郁雄赶忙跟着跑到了店门外。但茑子加快脚步,沿林荫道往前走去。

五月

一

四月中的某一天在银座举办的个人画展上发生了一些事情,其后续如下。

……茑子在前面走,郁雄在后面追。

"这个时间点,我未婚妻就快来了,我可不能跟你走!"现在再想这么拒绝就显得太傻了,所以他没能说出口。茑子当然知道他怎么想,但就是不想听他说。即便如此,郁雄也不是一个见此情形只管自己扭头就走的厚脸皮的人,无奈只得一直跟在茑子身后。内心的某个角落里还在想,毕竟自己都等百子那么久了,这次反过来也让她等个五六分钟,给她点教训也好。

茑子推开了一家新近开张的咖啡店的门。门的材质是浅绿色透明的合成树脂,店内光线昏暗,从外面只能看到桌上的油灯发出的光。

夸张点说,店内暗得就算被人捏了一下鼻子也看不出对方是谁。在这种地方,就算端上来的饮料中掺了垃圾,顾客们估计也浑然不知，还是会怡然自得地喝下去。茑子和郁雄坐到了靠里的一个包厢。

郁雄刚一落座便要站起身来。

"要去打电话吗？"

被茑子这么一说，郁雄像被泼了盆冷水，只好重新坐下。本城茑子从手包中拿出一张小小的名片，就像发扑克牌一样，随意地往郁雄前面一放。黑鸟会会员。这是一个由高仓担任会长的绘画团体。郁雄因为是学生身份，就算想用名片也无处可用，心里早痒痒了，于是就把写有自己住所和电话的名片从皮夹中掏出来大方地递了过去。

在昏暗的灯光下，她美得超凡脱俗。无论眉形、眼线、发型还是口红的颜色，无一不是最为前卫的、技巧极为高超的化妆水准。她身上的香水气味也越过桌子朝郁雄的脸弥漫而来。但茑子脸上依旧没有一丝笑意。

郁雄找不到话头，也惦记着百子，正在坐立不安的时候，茑子忽然说道：

"你真那么担心你的未婚妻吗？"

"担心她不行吗？"

"真没出息啊。"

"这次被你害惨了。"

郁雄也有生为城市人的弱点，再生气也想着尽量克制，这使他错过了起身打电话的时机。"为什么我这时候不能直率地发一次火呢？"郁雄虽然内心也在反省，心情多少还不错。

被一个比自己年长又盛气凌人的女人这么指使，这在他的人生中还没怎么经历过。如果自己真心爱着百子，那自然无法容忍这种关系，但此刻他已动了玩心，因而女人的言行反而更让他心猿意马……想到这里，郁雄被自己的冒失吓了一跳。

"你喜欢绘画吗？"

"嗯，马马虎虎吧。实际上，我不太懂绘画。但高仓是我老朋友了，所以……"

"男人都这样的，老朋友、老交情，只想着这些，自己却没有什么思想或主张。不过这样倒也单纯，很好。"

"咦？那女人很在意什么思想什么主张吗？"

郁雄在这样的女人面前就能够心直口快地说话。

"当然。最初提出各种思想和主张的都是男人，因为男人就是闲得慌。虽然高仓是我们的会长，但能保持有思想、有主张的都是女人。因为女人就是喜欢把东西一直留着。而且女人之间不讲什么义气和人情，不太顾虑所谓的朋友交情。"

"哦？"

对于这种奇妙的论调，这位法学部的学生也有点蒙了，但也觉得挺有意思。笃子绝对是个有思想的女人，她把男性和女性完全对立起来了。即使如此，她也没有穿上长裤，剃去头发，故意模仿男人，而是将女性的强势以惊人的女性特有的方式展现得淋漓尽致。

……回过神来的郁雄也顾不上什么体面了，站起身来说了句："失陪了。"然后朝柜台上放着的电话冲了过去。

画廊办公室里的人接了电话。

"喂，请问高仓先生在吗？"

"不在啊，好奇怪啊！我刚刚在画廊里面转了一圈，除了几个客人，谁都不在。万一画被偷了可怎么办，我们做事务的是脱不开身的,所以才让画廊方面务必请人看守。管理这么松懈,真叫人吃惊!"

"没有一个年轻的女客人过来吗?"

"没看到。现在在看画的客人只有两三个上了年纪的男人。"

"哦?"

郁雄挂了电话,一种不快的情绪在胸中蔓延开来。

……实际上百子几乎是和郁雄前后脚来的画廊。她戴着红色的贝雷帽,打扮得就像是一名学画的学生,只盼能吓郁雄一跳。她一路小跑着沿地铁的台阶跑了上来。

正在画廊等着百子的高仓被这个打扮成画室学生气喘吁吁地跑进来、却对挂在墙上的画看都不看一眼的女孩勾起了兴趣。他从没想过眼前这个女孩就是郁雄的未婚妻。

"宝部先生在吗?"

她开口询问。

"你是百子小姐吗?"

高仓这时才大吃一惊。百子那灵动的双眼就像沐浴过春日傍晚的轻风细雨一样,让他感觉耳目一新。

"说是你来晚了,他有事要办,就出去了。五点钟左右应该就会回来。"

"这样啊!"

百子不满地嘟起了嘴。这种毫不掩饰的情感流露被高仓捕捉到了,让他感觉仿佛在看模特百子的裸体。这个女孩,衣服倒是穿着的,但在感情方面却是一个完全裸露的女孩子。

"在他回来之前,先到那边喝杯茶怎么样?"

"嗯,谢谢!不过,我在这里等他好了。"

"没关系的,也就五六分钟。"

此时的百子心里想,虽然自己迟到了,但郁雄却没有一直等着她,于是不满的情绪涌上了心头。

"嗯,那走吧!"

于是他们前往离这里两三栋房子远的咖啡厅喝茶去了。

郁雄和百子没有再上演擦肩而过的一幕。快五点时,百子和高仓回到画廊,此时郁雄和茑子已经在等着了。

一看到百子他们,茑子就大声地和高仓说话,郁雄想要阻止时已经晚了。

"你们去哪里了,高仓先生?我和宝部先生去喝了茶,还特意给画廊这边打过电话呢。"

百子惊讶地看着郁雄。

郁雄脸上浮现出天生的小酒窝。他不是有意露出酒窝,酒窝其实也没有什么含义,但看到酒窝时百子却感到莫名的气恼。似乎是留意到了百子的情绪,那些酒窝瞬间消失得无影无踪。

——这对未婚夫妻很快跟高仓和茑子道别,朝日暮下的街道走去。

但各自都开始反思起这段感情来,彼此都没有说话。出于男性的弱点,还是郁雄先开了口。

"找个地方吃晚饭吧。我兜里有的是钱。"

说这句话的同时他留意到百子的腋下似乎夹着一个大红色的手

提包。在好奇心的驱使下,他伸手摸了摸。

"这是什么?"

"贝雷帽。"

"哦……你不戴吗?"

"嗯,不戴了。"

这就是之前饱含着她的某种期待的贝雷帽,此时百子已经完全没有要戴的想法了。但聪颖的她也已意识到,自己的不开心也会让郁雄难堪,那样也于事无补。她属于那种能很快意识到自己错了的人。还有,想想造成这一切的原因就是因为自己迟到三十分钟,而迟到的原因有一半是因为这顶贝雷帽,故意不戴有些不妥。于是百子停下脚步,将皱皱巴巴的贝雷帽用手撑平,像按上去一样把它戴到头上。

"怎么样,适合我不?"

但郁雄自然能觉察到百子这突发的举动中多少带有赌气的成分。"怎么跟演戏一样?红色贝雷帽根本就不适合你嘛!"想到这里郁雄内心也很不痛快。

随后二人一起吃了饭,看了电影,跳了舞,度过了一个本该欢乐的夜晚。但彼此情绪都很不稳定,就跟跷跷板一样,一方心情变好时,另一方就很差,一方变差了,一方又转好。

跳舞时他总跳错舞步,完全找不到感觉,糟糕的心情到达了顶点。于是在舞曲中段,他突然停下舞步,使劲拽着百子的手回到了座位上。他用急切的声音说道:

"哎,百子。我心情不好不是因为你。我是在气自己,那时候为什么要接受那个女人的邀请出去喝茶,结果冷落了你。我讨厌的是我自己。"

说罢,郁雄双眼烁烁放光,于是百子立刻冷静了下来,她努力地调整自己。

"可这也没什么大不了的。我也没多想。"

"你又说谎。可不许再说谎了。"

郁雄加重语气,诚恳地说道:"如果我有做得不好的地方,你一定要明确地指责我。我们不是约好了吗?彼此间不撒谎的。"

"你做得不好的地方……你在那期间做什么坏事了吗?"

"你看你,又岔开话题。赶紧正面指责我。"

"其实我当时也很孤单啊!"百子稍稍把眼神低了下来,"那个,我也和高仓去喝茶了。"

"高仓有说过什么奇怪的话吗?"

"你吃醋了!"

二人都笑了。虽然心里还担心这只是暂时的和解,但接下来的舞跳得很顺利,很完美。

二

……一切似乎都归于平静了。但从四月到五月这段时间,这对未婚夫妻过得并不太幸福。按郁雄的话说,这都怪百子。百子不能容忍他隐藏嫉妒之心、伪装自己的感情的行为。然而郁雄之所以会产生这种想法,是因为考试期间的一件小事,他表现出了过于轻率且直白的嫉妒,被百子抓住弱点,使他始终感到在百子面前抬不起头。他感觉自己又输给百子一次。他怎能甘于这种失败,而且他对恋人也抱有很强的虚荣心，非要让百子也输给自己一次不可。但是百子就是什么事都不肯认输，嫉妒二字丝毫没在脸上表露出来。

"其实只要百子说一句'不要和茑子那样的女人来往'，我就绝对不会做出伤害百子的事情。"

当茑子第二次打电话来时，郁雄心里这么想道。百子为了逞强，偏不往郁雄的大门上加一把锁，现在的郁雄只想看看百子惊慌失措的妒忌模样。在糊里糊涂地和茑子定下约会时，他想到的借口就是这个。

这样说来，大家一定都以为郁雄是一个轻浮的青年。其实在和茑子私下约会之前，两人已经有过四五次电话联络了。

郁雄对那家画廊没了好感，从第二天起就不再去了。茑子打电话给郁雄是在那之后一周左右了。当时是夜里十一点钟左右，电话里，茑子的声音听起来像是喝醉了。

"你还好吗？我，茑子。"

"你好……啊，你是本城小姐？"

"啊什么呀！我最讨厌你这种假装刚想起来的人了。你这样我以后可就不给你电话啦！"

"对不起，对不起。"

"我可一点都没醉哦！"

"喝醉酒的人都会这么说的。"

"你说的话可没有你的长相可爱啊！"

"喂喂，你这么说我可就要挂电话啦！"

"挂就挂呗！那下次再说啦，再见！"

对方真的把电话挂了。虽然是一通莫名其妙的电话，但对郁雄来说，它就像是法国的波旁威士忌，令人沉醉。

第二天，他拿出茑子的名片看了又看，犹豫着要不要给她打电话。终于还是没打。一天就这么过去了。对方也没有打过来。于是从第三天开始，没打电话这件事就成了郁雄一个小小的心病，像虫牙一样硌着他的舌头，虽然不会痛，但刚以为自己已经忘了，舌头又能感觉到那颗牙的凹陷。但这次出于一种自尊心，他终究还是没能打出电话。

又过了四五天。这次是傍晚时分，郁雄刚从学校回来，茑子就好像知道他在家里一样，又打来了电话。

"前几天真是不好意思了，我一年也就醉一次，前几天晚上碰巧就赶上了。我喝醉后就突然想起了你。很奇怪是不是？明明也没什么事。"

"今天这个电话也是没什么事吧？"

"算是吧，我就想听听你的声音而已。"今天大不相同，她的声音听起来很乖巧。

"而且，我今天没时间和你见面哦。今晚，明天，后天，都有一大堆无聊的事在等着我呢。不过我想，我们一定还会在某一天某个地方突然邂逅的。"

在这种情况下，郁雄还没有圆滑到能说出"我也没说要见你哦"这种回应的地步。所以他只是这么回答道：

"谁知道呢，我也不怎么上街，我们的行动半径可不一样呢！"

之前他没注意到，和百子那柔美的声音不同，茑子的声音里有着柑橘一样的丰润和甘甜。这是一种名为女人的生物所发出的声音。

丝毫没有机械一般冰冷生硬的感觉，言辞之间绝不拖泥带水，丝毫没有让人觉得单调。她的那种很容易看透的心思也完全被这种声音隐藏了起来。

随后笃子又说了一些不着边际的话。起因是她在电话里突然笑出声来，于是郁雄问她为何发笑。她边笑边说道：

"今天我母亲叫女佣拿去污粉擦一下洗澡用的提桶的箍边，但女佣没有照做。我母亲生气了，问她为什么不照着做，结果她居然回答：'我就稍微擦了一下，它就亮闪闪的了，所以我就不擦了。'"

郁雄也笑了。准确地说，不是对她说的故事本身，而是因为故事居然会如此无聊而笑。

电话粥煲了很久，却没聊什么重点就结束了。郁雄差点就脱口而出问她："你下次什么时候再打电话来？"但对方似乎察觉到了他的想法，赶紧挂了电话。从第二天开始，没来由地盼笃子的电话就成了郁雄每天的习惯。

第四和第五通电话已经是进入五月以后的事了。已经相当焦躁的郁雄忍不住主动提出了要和笃子幽会。

三

五月下旬的一天。郁雄为了上午只有一个小时的课而去了学校，却看到了贴出来的停课通知，于是就想溜达着去一趟百子家。但转念一想，还是选择在校园里的三四郎池旁边漫步。

当时正流行歌声运动。池塘周围，每到午休时刻都能听到学生们在练大合唱。其实合唱练习一直都有，但人数规模都很小，大家都唱得如痴如狂。

现在是上午，池边的树林很安静。五月的风沙沙地掠过树梢。他靠在一棵大橡树下，朝池心投掷石子。阳光从高高的树梢之间洒落，在幽暗的池面上洒满光斑，并随着石子激起的波纹荡漾开去。光斑有时看上去就像是白色的水鸟。有两三只光斑形成的水鸟浮在池面上，朦朦胧胧，并没有要振翅起飞的意思，只是在云朵遮住太阳的瞬间突然消失不见。

"怎么办呢！"郁雄想，"我把一切都搞砸了。"

实际上，是笃子巧妙地魅惑了他。从两人初次幽会那晚开始，她很快就和他接了吻，然后做出一副随便他做到哪一步都行的姿态。在第二次幽会时，他的身体没有响应她的款待，于是她用怜悯的眼神看着郁雄。这极大地伤害了他的自尊心。

和二战后的其他青年不一样，他还分不清肉体的爱和精神的爱的区别。他觉得如果用肉体去爱笃子的话，那就不能再好好地去爱百子了。出轨就是出轨。对于郁雄的犹豫，笃子表示出轻蔑的态度，这让郁雄感觉难以忍受。

关于和百子的关系，未婚夫妻之间无需多言，自有默契。他们都认为在结婚之前不应该发生肉体关系。这个也是父亲的意见。订婚期变长让郁雄略感不安，但爱情获得周围人认可的结果坚定了他的信念，让他作出了订婚期间一直忍着的决定。当然，郁雄完全不担心自己会变成报纸上生活顾问栏目里经常出现的"玩腻了未婚妻的身体之后突然抛弃对方的薄情男人"，对此他还是很自信的。不过，他丝毫没有要强迫百子，以至于让她感受到哪怕一点点这样的忧虑和不安的心思。

……但是，在和茑子的事情发生后，郁雄不知道该怎么对待自己的身体了。被茑子逼迫时，他的身体很诚实地有了反应。那么，他的心是诚实的吗？还是身体才是最诚实的？

"解决办法只有一个。"终于，他怀着郁闷的心情作出了结论，"既然被茑子的肉体所压制，为了与之抗衡，我就只能让百子配合我，和我发生肉体关系。这么一来，茑子什么的，就被吹得远远的了。能拯救我们的办法只有这个了。"

下定决心之后，他感觉自己全身都在颤抖。风又掠过树梢，繁茂的枝叶被吹开，从中间漏过的光使得原本两三只光斑形成的水鸟变成了一大群数不清的水鸟。

郁雄起身向前走去。

正当郁雄浑浑噩噩地走在通往学校正门的银杏大道上时，迎面走来一个身穿淡蓝色衣服的女孩。她径直不紧不慢地朝他走来。对方应该早就发现他了，而郁雄正若有所思地走着，很久才注意到她。

在五月上午的阳光中，一阵凉爽的风掀卷起了她裙子的下摆。走过来的正是百子。或许正是因为郁雄在专注地想着百子，于是百子就像是被他召唤出来一样出现了。

事出突然，郁雄不禁吓了一跳。这不是偶然的碰面，这是必然的相会啊。百子还有二十多步就要走到他的跟前时，郁雄的心里已满是清澈的喜悦，之前那奇葩的想法早就飞到了九霄云外。

"嗨！"郁雄说道。

"我来这边散个步。"

百子说。二人只是相视一笑，彼此都感到有幸福感在蔓延，此时什么都不必说了。

"那就继续散步？"

"嗯！"

两人往右一拐，朝原来的农业大学方向走去。石板道的缝隙中，顽强的杂草欣欣向荣。

"在歌德写的《爱克曼谈话录》中有这样一句话：'如果你见不到恋人，失望地走在夜晚的街道上时，就会在转角突然碰上。想见一个人，自然就会遇上。'"

"我也总觉得今天能够偶遇你呢。"

百子说道。虽然实在说不出口，但郁雄内心深处却很想为自己先前的想法跟百子道歉。和现在并肩散步的幸福相比，那种想法简直像一场噩梦。

"我说，"百子说道，"那个……"

"嗯？"在询问她的同时，郁雄也隐约有些不安。

"这话实在很难说得出口。我昨晚想了一夜。我……好吧，那我就说了吧。如果，如果我的任性让你觉得委屈了，我可以闭着眼睛，不再坚持了。我觉得那个时刻已经到了。"

"你说什么？"

"嗯……你可得好好听我说啊！即使我们还没有举办结婚仪式，但是也可以在那之前先成亲的啊。我见到你的时候就在想，可能是我不好。我最近一直这么想。"

听到这里郁雄终于明白了她的意思，顿时哑口无言。不仅仅是因为这件事本身，而是刚巧郁雄也在思考同样的结论，而这个结论在遇见百子、萌生了一种宁静的幸福感后就被推翻了，现在却又被百子重新提起。他惊愕不是因为高兴，而是觉得不知所措。

六月

一

六月的梅雨季节早早来临，郁雄心中无数次玩味过百子提出的建议。百子既然那么说，应该是经过一番深思熟虑了。或许正因为百子是处女，所以才有勇气毅然决然地提出那种要求吧。

但是，在听到百子说过那番话之后，郁雄的心理就发生了一百八十度的大转变。

"不管怎么样，在结婚之前我一定要好好对她，不能动她一根手指头。我现在应该做的，就是尽快地感受茑子的身体，之后为了百子，尽快把茑子甩掉。好，就这么决定了！"

这个想法相当露骨地体现了一个将肉体和精神分裂开的青年不切实际的精神观念。这就是社会上人们总说的现代青年的特征，无论哪个时代的青年都有这种倾向。明治时代的青年们也通过寻花问柳来解决肉体上的欲望，区别仅在于他们一边还探讨国家大事。而对于那时的女人们来说，这些青年只有新人和常客的区别而已。

因此，郁雄只是在世俗心理的驱使之下，把百子的清纯作为自己花心的借口而已。

在梅雨的间隙,一个气温达到二十八摄氏度以上的闷热的晴天,穿着白色半袖T恤、戴着学生制帽的郁雄一边在心里吐槽罗马法律这门课(其实是因为他不想拿罗马法律这门课的学分),在脑海中回忆那些神奇且数量惊人的拉丁文法律用语,一边走在银杏大道上,这时突然看到布告栏上贴着的一张传单。

六月摄影社

……

六月×日

非社员也欢迎参加!

(下午一点,东京复活大教堂)

摄影部

×日,正好就是今天。

"宫内肯定也去吧!"

郁雄心里这样想着。这个比他大六岁,二十八岁已婚还早秃的同级生不仅会把写着工整的小字的笔记本借给他,也是在大学期间为数不多和他私交甚好的一个朋友。宫内唯一的嗜好就是玩照相机,而且也加入了摄影部。现在的他肯定就在东京复活大教堂。

郁雄忽然想见见宫内,于是慢腾腾地朝御茶之水车站方向走去。东京复活大教堂离这不远,徒步过去就行。

——郁雄从日本大学齿学院旁边的后门走了进去。穿过挂有俄语教授姓名牌的尼古拉学院所在的黄色二层建筑,再穿过白墙绿顶、如同僧房一般的建筑中间的小路……这些建筑就像是被小孩子堆砌后就忘在一旁的积木玩具一样，出奇地安静。忽然，从一栋建筑物的一角露出一张密探般的脸，在另一角的灌木丛背后，又有另一名密探举着闪闪发光的武器探出头来……原来，他们都是在寻找理想构图方位的T大摄影社的社员。

"喂，挡着我们了，让一让！"

几位陌生的同学毫不客气地朝郁雄怒吼道。仔细一看，原来有位女子倚靠在一个阳光直射着的墙角处，脸上拼命做出一副正在做梦的表情。看来，这个女旁听生是被社员们找来当模特的。

还是没找到宫内。郁雄径直去往礼拜堂。他登上台阶走了进去。虽然里面的铁栅栏上了锁，但从那里还是可以清楚地看到祭坛。有个学生紧贴在栅栏上，手里举着带闪光灯的相机。那个学生也不是宫内。

一块略微褪色的红色地毯向前延伸，直至祭坛处。祭坛中央是红色的祭台，在画着基督画像的幕布的左右两边装饰有两组圣画，周围有两对银质的烛台与旗帜环绕。阳光从窗外斜照进来，只差一点就能晒到红色的地毯路了。

郁雄不信仰任何宗教和神灵，因为他觉得没必要。但此刻，空无一人的祭坛，上了锁的铁栅栏以及幽深静谧的礼拜堂内部，都让他感觉这里像一间囚禁着神灵的牢房。那座祭坛位于铁笼当中，就像一个动物园，而异教徒们像是从铁笼外看狮子一样寻找着神的踪迹。莫非神此刻就像一头狮子一样，正躺在里面的洞穴中午睡？就算真有神在里面，它和铁笼外面的人各处于不同的世界，就像动物园里的游客和野兽一样，只能呆呆地、一脸狐疑地相互对视。

"罪到底指什么？"郁雄思考着，"就算此刻的我抱有罪恶之心，笼子里的神或许也只会像午睡刚醒的狮子一样，用慵懒的眼神漠然地看着我。"

想到这里，他脑海中又浮现出百子的脸。那张脸显得极其无助，极大地唤起了他的同情心，他慌忙将那张脸从脑海中驱散。然后，他回归到法学部学生的身份，把自己的关注点转移到这座教堂的经营问题上。

好在旁边的墙壁上就贴有一张教会财政报告：

总收入：805439 日元

总支出：676304 日元

收支相抵后结余：129135 日元

支出

复活节装饰花费

圣饼制作费

长明灯油费

霓虹灯招牌修理费

已故多尔戈夫氏花圈费……

斜着眼看完这家教堂的支出报告后，郁雄便走出了教堂，沐浴在午后炎热的阳光下。当他绕到礼拜堂右侧，正要往后门走时，宫内突然"嗨"一声，从对面叫住了他。

"别动，别动！"

他把相机镜头对着郁雄这边。

二

"哦,你有话跟我说?太阳从西边出来了呀!"

宫内说着,在石阶上坐了下来。这段石阶通向教堂背面一扇紧闭的门,从这里下坡的石阶十分陡峭,顺着它走便可以通过便门。此刻在他们眼前,神田街道上的屋檐和古旧的学校建筑物一览无余。虽然天气晴朗,但湿度很高,发育不良的矮小树木点缀在街道上,就跟透过模糊的镜头看到的风景一样,浑浊而湿润。

"作为立体式构图来说,这里很有趣,就是太热了。要不我们找个地方喝点冰的吧?"宫内问。

"不拍照了吗?"

"嗯,已经拍了不少了!"

说完,宫内和摄影社社员们简单地道了别,催促郁雄下了石阶。在此期间,还依依不舍地不断用照相机四处拍。

二人来到大街上,立刻被卷进学生众多的街道特有的喧嚣中。从这里抬头眺望,头上的东京复活大教堂的圆顶就像脱离现实、处于另一个世界的事物。

两人在一家咖啡厅里喝冰镇咖啡。店名很有南美风格,门前胡乱地摆放了几棵橡胶树作为盆栽,店里光线很暗。

"说吧,什么事?"

宫内催问道。郁雄把情况大致跟他说了一下。

"唉,"宫内对这件事意兴阑珊,"你这就是一边想要拒绝一边又在不知不觉中沦陷的典型例子,必须谨慎行事。嗯,事情既然发展到这一步了,你只能按自己的原定计划来,跟那个叫茑子的女人直接对决。说好听点叫对决，其实就是和她睡觉……还有就是百子小姐的问题，我记得很久以前就跟你说过的。对啊，怎么说来着？结婚之前最好不要做那事，不过像你这种订婚期比较长的，如果想做的话也行，可能做了会更好，反正都一样嘛……我是这么说的吧？"

"这就是你的忠告吗？"郁雄呆住了，然后确认道，"你说的不正好矛盾吗？"

"矛不矛盾的，得看你怎么行动啦！首先，我的原则一贯是不给别人忠告的。"

"是吗？"

看到郁雄有点不服气，为了显示自己很够朋友，宫内进一步问道：

"你到底什么时候和茑子见面？"

"今晚。"郁雄这才坦承，并叹了口气，"已经约好了，今晚九点。"

"在哪儿？"

"她说在位于世田谷的家里等我。"

"具体地址呢？"

"干嘛问那么详细？"

"万一你们有什么纠纷，你肯定希望让我出面调停吧？那你至少得告诉我地址啊！还是你对我有戒心，吃醋了？"

郁雄苦笑了一下，只好拿出地图详细地给他指出了茑子家的位置。

"总体来说，你这人很过分。"宫内大声地嚼起了冰镇咖啡里的冰块，就像在嚼炸虾片一样，一边说道，"看来你对人的了解还是太少。说到底，你的行为属于利己主义，你却误以为是性欲问题。其实你要是像一只蝴蝶一样，遇到事情闷头就去做，那么哪个女人都不会受伤害的，你却为此事特意来找我商量。我一见到你就不知为何总想帮你。我一般不喜欢对人太好，但现在傻乎乎地替你考虑周全，真是无奈。"

"你今天也没有表现得很热心啊！"

郁雄稍带腼腆地说道。

"哪有！"

宫内从桌上抓起冰意已散的冷毛巾，一只手把帽檐稍微往上抬了抬，用熟练的手法巧妙地把羞于见人的汗津津的秃顶给擦了擦。

三

……原本是艳阳高照的大晴天，到了下午竟也下起了雨。本来郁雄还感觉天气有些闷热，天空忽然就变得阴沉，下起了黏糊糊的梅雨，停不下来。

为了打发时间，郁雄去看了场电影，回到家吃过饭后又再次出门。鞋子被雨淋透了，脚湿漉漉的，心情也因此变得极其悲凉。

"我真的想得到茑子吗？宫内说这不是真的性欲，那这到底算什么？"

他还是没能等到九点。到达位于世田谷的茑子家时才八点四十分。那是一栋新建的二层公寓，十分雅致，每家每户都有各自的房门。入口处夹有一张小纸条。郁雄把它拿到街灯下，斜举着伞，借着灯光读。

纸是密封着的，拆封一看，内容很简单，上面写的是：

"我出去买点东西回来。钥匙就藏在门下面，你在屋里等我哦！"

郁雄弯腰用手在湿漉漉的门框下面摸了一把，找到一把湿了的黑色钥匙。这种体验让他感觉十分新奇，于是他没有立刻打开门，而是攥着钥匙在雨中站了一会儿。

门一打开就是楼梯。二楼是一间八张榻榻米大的画室及一间六张榻榻米大的日式房间，屋里有两三盏台灯开着。收音机里正低声播放着舞曲。虽说是画室，但并没有什么像样的画，只有一面大的穿衣镜，反射出台灯昏暗的光。

故意在约好的时间外出，这或许是茑子的技巧之一。因为，这间画室更像是为了体现茑子刚才曾在这里，而不是现在就在这里。整面墙都被浓绿色的天鹅绒窗帘覆盖了，加强了房间的神秘感。屋里弥漫着浓重的香水味。其中的一张椅子上搭有女性睡衣及浅绿色的连衣裙。房间中央的地板上掉落了一张黑桃皇后扑克牌。

……郁雄再次走到房门处环视了一圈。这才发现，房间乍看上去乱糟糟的，实则是茑子运用她最为得意的绘画才华完成的一幅画作。她真的是煞费苦心。比如穿衣镜和椅子斜放的位置，浅绿色的连衣裙和窗帘颜色的搭配，落在地板上的一张扑克牌带来的鲜明效果……郁雄又朝房间中央走去，此时他感觉自己就像是走进了一幅墨迹未干的画作中一样。

"这一切都像是在演戏嘛。"他这样想着，但心情还不错。在一张被固定在窗边的长椅上，他抬起脚平躺了上去。渐渐地，他感觉自己也成了画作中的一个道具。

他第一次体会到这种美妙的感觉，一种眼看自己变成了被人把玩的花瓶等东西但却无力反抗的快感。作者在此想补充一点，郁雄已经不是处男了。他曾经在朋友们的怂恿之下接触过妓女的身体。但自从认识百子之后，他觉得很没意思，于是戒掉了那种恶习。所以他有资格期待稍后回到家中的茑子将会以什么方式爱抚他。

　　……楼下响起开门的声音。郁雄不愿意从那种慵懒的快意中起身，于是一直躺着。有人蹑着脚上楼来了。不久，画室的门外响起了敲门声。

　　"请进！"

　　郁雄说道。

　　门刚打开，就响起一个破锣嗓音：

　　"什么嘛，就你一个人啊？"

　　进来的是宫内。郁雄顿时惊呆了，顾不上发火，他看到了身穿草绿色雨衣的百子从门后走了出来。她战战兢兢，就像一个走进老师办公室的学生一样。郁雄从椅子上弹了起来，这才愤怒地看向宫内。因为他感觉自己急需从眼前这个羞耻的场面中脱逃出来。

　　"你干什么！你想把所有的事情都搞砸吗！"

　　"把事情搞砸的是你哟！"

　　宫内静静地站在那里，笑嘻嘻地说道。

　　"你来这里做什么……"

　　"让百子小姐了解整个事情的真相是我的义务呀！但是来这儿可是百子小姐的意思，对吧？"

　　百子面色苍白地点了点头。郁雄瞬间感到一阵恐惧，他甚至恨极了百子。

　　"回家吧……和我一起走！"

百子头也不抬，声音低得像蚊子叫，又像是在风雨中颤抖的羽毛。

"走吧！"

郁雄说着，就像一个有气没处撒的小孩一样朝门口走去，没想却被宫内慢悠悠地拦住了。郁雄羞愧难耐，用刺耳的声音叫道：

"我揍你啊！"

"好啊，我等着呢！你明天揍也可以，后天揍也可以！我会很乐意被你揍的。但是今天，如果你就这么走了，那就跟世界上别的男人一样，对老婆言听计从，变成一个无足轻重的人了。你们还是正面对决吧！我来这儿就是当裁判的。人和人之间，如果不当面把事情挑明了，那就什么都不清楚。你还是乖乖等茑子回来吧！"

宫内的话语之中有一种令人不可思议的威严。瞬间失去自信的郁雄坐回到椅子上，一种不祥的预感占据了他的内心，让他只想找个地洞钻进去。自己这样手足无措，还算是个男人吗？他羞愧不已。

百子脱下湿漉漉的雨衣，随意地搭到挂在椅子上的茑子的睡衣上。这可以视为是百子无意识之下的报复之举。她在郁雄身边坐下，握着未婚夫的手，却什么话都没说，这让郁雄心怀感激。

宫内漫不经心地看了看手表。

"呀，我们的美男子是不是被人放鸽子了！"

这时，郁雄忽然感觉抓住了一根救命稻草。

"对了，茑子肯定回来过了，看到你们的鞋子又走了！"

在郁雄看来，此刻的宫内如同恶魔，他实在不明白为什么他会那么胸有成竹，以见到朋友落难为乐。

"害怕了？"宫内愈显从容，"面临真正的人生瞬间，无论是谁都会害怕的。你知道吗？我之所以这么做，是由于我自己的人生经历。"说到这里，他的双眼烁烁发光，"我也遭遇过这样的瞬间，至今我还很感激那次经历。二十八岁……想想我的年纪吧。现在的我有着五十岁男人的经历，这也是我早秃的原因。去年我的老婆……算了，不说那么详细了。总之，我把我老婆的旧情人当着她的面揍趴下了。就是那一瞬间，我确定自己不是一个伪君子。从那以后，我和妻子的关系就很好了。仇恨，打斗，胜利，人是需要这种原始的情感的。你们俩的爱就像温室中的花朵一样。不妨今晚就把它扔掉吧！你听好了，如果在百子面前，你还能说你更喜欢茑子，那你就做个男人，奔向茑子吧！百子小姐，你可别这么握着他的手了，如果你有自信的话，就让这个男人完全自由地作出选择。"

郁雄有点理解宫内的意思了。他大致明白了这个诙谐、爱说风凉话的朋友曾经历过何种烦恼。

三人就这样默默地等待着。窗外，雨的声音更大了。就在此时，楼下传来了门被打开的声音。

四

门打开后，身穿黑色典雅西装的茑子就走了进来。她以平静的神色看了看这三位像是趁家中无人而上门作案的小偷。

"您是哪位？"

"我叫宫内，是郁雄的朋友。"

"哎呀，百子小姐也来了啊！我马上去给你们倒茶，请稍等一下！"

"茶就不用了。"

百子的语气平静得让人感到意外。听到她的声音，郁雄有如大梦初醒，意识到自己无论是面对哪个女人都会感觉无地自容。

"哦，不喝茶啊？那就算了。"茑子站到穿衣镜前，稍微捋了一下头发，像是要从镜子里面找到答案一样。

宫内还是站在房间的一角。

"今晚冒昧打扰了，因为我想让郁雄作个决定，到底你和百子小姐之间他要选谁。"

"是吗，辛苦了……可是我和郁雄之间还没发生什么呢！"

"这我倒是相信……"

茑子紧闭双唇，那涂了眼影的眼角随之轻微地痉挛了一下。

"场面真够大的！不过，你很为难吧，阿雄。"她第一次对郁雄用了亲昵的称呼，并热切地盯着他的脸。"要不，扔骰子决定？骰子我有。"

面对这种侮辱，百子不禁闭上了眼。至于郁雄，说实在的，他哪还有什么想法，此刻的他只想尽快能从这里逃出去。

宫内用一种不像是城里人会有的顽固语气催促郁雄：

"喂，快决定啊！"

"我还是第一次这样跟人幽会呢。你们没毛病吧？"

茑子皱了皱眉，把百子的雨衣从椅子背拨落，然后把自己的睡衣和连衣裙往六张榻榻米大的那间房里扔了过去。看得出来，茑子也有点生气了。

看到百子的雨衣悲惨地掉落在地板上，郁雄这时才萌生出勇气，他以命令的语气对茑子说道：

"把雨衣捡起来！"

"有朋友在，你胆子就大了呢！"

"快捡起来！"

"你自己不会捡啊！"

郁雄站起身，捡起百子那件草绿色的雨衣。此刻，他忽然觉得有了底气和力量，这使他的言辞更为稳健，态度更为沉稳。此刻他感觉自己已经完全是以一种对待他人的态度来对茑子说话了：

"抱歉给您添麻烦了！都是因为我自己不争气，所以才搞出这些事情。请您忘了我今晚来过这里吧！"

"我会记得的，永远！"

茑子用一种此前他从没有见过的微笑看着他，然后用很粗俗的语气说道：

"等你长成大人了，再来找我哟！"

郁雄突然觉得很滑稽，脸上露出了微笑。

"这样行了吗？"

他问宫内。

"应该行了吧！"宫内像是例行公事般极其随意地说道，"百子小姐，你什么都不用做就赢了呢！好了，我们回去吧！"

百子泪眼婆娑地站起来，抓住郁雄的手腕。这时茑子又说话了：

"你们这就走了吗？太早了吧！不过，什么赢了输了的，我不懂你们在说什么！"

"那件雨衣就是决定胜负的关键。"

宫内在一旁说道。

三人走出房门后，门从里侧狠狠地被关上。收音机里播放的爵士音乐突然变得很大声,像是要把三人从背后用力撞飞一样。

郁雄下楼时用那件草绿色的雨衣裹住了自己的未婚妻,像是要把她那满怀心事的小小身躯包裹起来一样。

七月

一

从那以后，百子的心就被一小股的恐惧占据，总也挥之不去。她并不是不信任郁雄，也不是生气或不安。看到郁雄性格中的另一面是她恐惧产生的原因。无论她多信任郁雄，就算心里已经完全原谅了他，这种恐惧也还是会留存下来。

因为发现郁雄身上有着相当残忍的一面，这使她感到害怕了吗？不。是因为她发现郁雄身上具有一些很难说清到底是什么的弱点，也是他不断与之搏斗但又一个劲儿地想要隐藏的弱点。发现自己的丈夫是一个弱者，这对一个女人来说多少都会觉得心寒的吧！

但若因此就叫她挺身而出，作为女人努力去补救恋人的弱点，甚至是站在一个强者的立场上去保护和照顾恋人，这对于百子来说，她还是太年轻了，很难去维系这样的平衡。

恰在此时，本故事中尚未正式登场的百子的哥哥患盲肠炎住院了。

他就像一股烟一样飘忽不定，所以在这部小说发生的各种各样的小事件中，一直没有露脸的机会。他毕业于一所私立大学的英文系，有着想成为小说作家的奇妙野心，但从没做出过与人私奔或是闹着要跟人殉情这种让父母难过的事；也不欠人钱，而是适当地帮家里做些事，适当地写些小说，不打扰别人，也不被别人打扰，是一个无功无过的、活在画中的人物。

家里人把这个不靠谱的未来家业继承人称为"云上人"，这倒不是因为东一郎相貌堂堂，而是因为他总给人一种独自高高在上、居于云端的印象。他从云上下来，不是为了吃饭，就是有文学界的朋友来访了。

就在百子被郁雄从莴子的公寓送回家的当晚，东一郎说自己生了病，早早就上床躺着了。百子自己也有一堆问题要处理，顾不上管哥哥的事。第二天东一郎说肚子痛就没起床，和往常一样，他不愿去看医生，后来吐了两三回。

第三天的早上开始，他腹痛加剧。医生被叫来之后，诊断为盲肠炎，而且由于阑尾已经穿孔了，所以住院以后动了一次大的手术。为此，向来无病无灾的木田一家开始忙得鸡飞狗跳的。

其中最热心照顾东一郎的就是百子。对于不是很聪明但却心地善良的哥哥，百子觉得以前自己太轻视他了，正是由于已经形成了自顾自不考虑哥哥的习惯，所以这座休眠火山才突然喷发了，或许他是为了让家人的注意力都转移到自己身上才得上的盲肠炎。

百子态度发生一百八十度转变，想对哥哥倾注更多的感情，显然是因为那晚亲眼见到了郁雄的懦弱，绝望之余产生的结果。她动用了自己所有的温柔，并找到了一个绝不会嫌自己烦的对象。这虽然是出于对哥哥的歉意，但此时哥哥得了盲肠炎对于百子来说无异于是最好的救命稻草。

好在没有发展成腹膜炎，虽说手术不简单，但并没有生命危险。后续的处理却相当麻烦，一般情况下这种手术一周以后就可以拆线了，这次却要花上两周多的时间。

负责看护哥哥的百子的母亲太过疲劳，所以只能让她回了家。在手术后的第二天晚上，百子就开始住在医院里陪护。负责照顾他的护士是一个年轻漂亮的女孩，样子看起来很沉稳，这让百子和母亲都很放心。

烟雨笼罩之下，梅雨之夜的医院让人感觉很煎熬。可以想象，如果给那些已被宣告死亡的病人做护理工作，那就更不容易了。手术后百子几乎没怎么睡。昨晚母亲熬了个通宵，在那期间百子本可以睡在家属陪护病房的，但是她既担心哥哥又担心母亲，中间醒了好几次。今晚，这位漂亮的护士浅香小姐看起来也是一脸疲惫，虽然很想让她睡觉，但百子自己也没有自信能一个人熬夜，而责任心很强的浅香也不放心只留下百子一个人。

病人已经可以自己喝水了，这一点还不错。他不再像之前那样，口渴时就会喊"水"来麻烦看护的人。只是不管是笑也好，咳嗽也好，说话也好，都会拉扯到伤口，于是就得始终让身体保持绝对安静，可这么一来身体又会不可避免地变得僵硬，时不时地会痛。"就像被打上一层让人极其不安的石膏。"事后东一郎曾把这一体验写到了小说中。这层看不见的石膏禁锢了他的躯体，每当意识到这一点，身体某些地方就会疼痛起来。因此，病人如果没有人帮着揉一下身体的某些部位，就会烦躁得不得了。

"百子，帮我抓抓背！"

东一郎小声说道。平常他说话声音就不大，所以当他嘴里叽叽咕咕嘟囔时，家人大概都能明白他到底在说什么。

"在抓呢！"

百子说。

"是吗……谢谢！"

"哥哥你真成'云上人'了。这也太奢侈了。免费使唤百子……等你病好了，是不是该多给我些零花钱！"

"好的，给的，给的！"

"说好的事，别搞错哟，是哥哥你给百子我哦！"

一旁的浅香小姐拼命地憋住笑，这让她熨烫得很平整的护士服发出沙沙的声响。如果自己不小心笑了，可能会传染给病人，那是要造成严重后果的。

百子坐在床边，把手伸进病人的背部和床单之间。刚才明明擦过身子了，但汗水已经又打湿了东一郎的睡衣，因此，摸着他满是汗水的后背，那种感觉实在很不好受。不仅如此，虽说对方是自己的哥哥，但反复触摸异性身体时的那种违和感，还是让百子有一种轻微的想呕吐的感觉。

"是不是因为睡眠不足啊！"她想，"手干脆快点麻了算了，那样我就可以心安理得地把手抽出来，也就没有触碰异性的讨厌感觉了。连护理心爱的哥哥时都有这种厌恶感，可见人类肉体是多么的麻烦又讨厌！"

不知何时，浅香小姐已经在椅子上迷迷糊糊地打起了瞌睡。窗外无声的细雨还在下。由于拉着窗帘，外面什么都看不见。离枕头稍远的房间一角摆放着别人来探望时赠送的玫瑰盆栽，白天看上去是鲜红色的花朵此刻却发黑了，变成了天鹅绒般的颜色。百子忽然想到了什么，于是把手表的发条拧了几下。上发条的声音听起来就像是蟋蟀的鸣声，忧郁而刺耳。

但这时还不是深夜，只是九点刚过而已。今晚要怎么撑过去啊！百子心里有些没底。正在这时，病房的门被人轻轻敲响。

二

"醒醒，浅香小姐，快醒醒！"

百子话音未落，浅香小姐就从睡梦中完全醒了过来。她整理了一下护士服就开门迎接客人去了。在进门处有简短的对话。百子迷迷糊糊地听着。

浅香小姐回来以后，凑到百子耳边低声说道：

"是一位叫宝部的先生……"

"啊！"

百子忍不住小声地叫了出来。不知何事而被吓了一跳的哥哥也不禁大叫了一声，又唯恐自己的创口会因此而撕裂，慌忙压制住了自己的震惊和叫声。对此，正把手搭在他背上的百子也觉察到了。

"是郁雄。"百子告诉哥哥，随后冷静地思考起对策来。不能留给护士小姐太多好奇的余地。于是她对浅香说道："那是我的未婚夫，你让他进来吧，没事！"

——郁雄进到病房后，收起雨衣，脸上神色很不自然。百子也因为疲于看护哥哥，完全没心思去纠结于前一阵子发生的事情。

"真过分，怎么不告诉我一声呢！"郁雄撒娇似的说着。淋湿的头发紧贴在他的额头，略显憔悴的脸上浮现出并没有什么特别含义的酒窝。看到这里，百子心里竟然有了一种不可思议的解脱感。在被医院的空气狠命摧残时，一个健康的青年忽然走了进来，带来了新的气息。就算来人不是郁雄，她还是会被感动到的。

"可是……"

百子刚一开口，就被郁雄抢过话头。

"那天之后我给你打了好几次电话，每次他们都说你不在家，所以我很生气。刚才打电话过去的时候，终于是你母亲过来接了，告诉了我你哥哥生病的事。你也太见外了！"

"云上人"吃了一惊，睁开了深陷的双眼。或许他是在想以后该把这个场面写到小说里去。

百子对浅香小姐就在身边一事感到有些介意，于是打断了郁雄的话：

"先不说那个了，你能陪我一起待到末班电车来之前再走吗？护士小姐太累了，我想让她好好休息一下。"

"当然愿意，当然愿意！"郁雄劲头十足地说道。他的优点——那发育良好的善意满满地写在脸上。"护士小姐，我跟家里人也说过了，今晚就住在医院里了，所以你今晚可以好好睡一觉，睡到明天早上为止。真的可以，没关系的！"

浅香小姐那精致的小脸上露出了沉稳的微笑。虽说这就是她的工作，但她脸上丝毫看不到熬过一夜之后的疲劳状，这让百子羡慕不已。实际上，百子的脸上也是如此，年轻使得她的脸上丝毫没显出疲劳的丑态。

"承蒙您的好意，那我就不客气了，我要去好好睡一觉，大家也好好休息。如果有什么事,就到值班室来找我!"

——这下病房里就只剩下这对未婚夫妻和东一郎了。

郁雄像是这时才意识到有义务先慰问一下病人。

"大哥,很辛苦吧?我之前一点都不知道,所以这么晚才来看你……我爸和我妈明天或者后天应该也会来的。我这次来得急,什么也没给你买,真是不好意思,只好今晚通宵陪着你了,你有什么事就只管说!"

病人脸上露出奇怪而生硬的笑容,很快,他毫不客气地说道:

"百子,累了吧?可以了,背不用再抓了。现在是腿那里胀得有点难受。郁雄,能不能帮我揉揉腿?就在刀口附近,尽量轻点。"

郁雄听不懂东一郎在嘟囔什么,百子就翻译给他听。

"可是,哥,这不好吧!"

"没关系的!"

郁雄强行将百子从椅子上推开,然后像一个按摩师一样,从毛毯下方将手伸到东一郎的腿部位置。

"可算找到帮手了!"

百子说着站起来,伸了一下懒腰,立刻跑到镜子前照了照,然后仔仔细细地把手洗了一遍。

"到晚上会越来越闷热呢!"

百子把保温瓶里冰镇好的咖啡倒到两个杯子中。冰块发出相互碰撞的声音,看到保温瓶内珍珠蓝的玻璃内胆的那一瞬间,她心里的石头终于落了地。

"来,喝杯咖啡!"

她端着咖啡走到郁雄身边,但正忙着按摩的郁雄实在腾不出手来。

于是百子用自己的双手将两个杯子的外沿相互碰了一下,代表干杯,又把一只杯子的边缘贴到郁雄嘴边,让他慢慢喝下。郁雄看起来十分享受,睁着天真无邪的双眼,粗大而略为发黑的喉结上下滑动。

"轮到我了!"

百子笑着,把自己的咖啡一饮而尽。

"我也想喝!"

东一郎的声音仿佛从地底下发出的呻吟。

"不行的,哥哥,你要是现在喝咖啡会死掉的!"

……就这样,这对未婚夫妻轮流给东一郎按摩,以一种别扭的姿势,断断续续地聊着天。留守医院的这一夜终于过去,天亮了,从走廊处断断续续传来淋湿的人字拖走过发出的咯吱声。

百子的手一空下来,就坐到郁雄背后和他聊天。郁雄穿着白衬衫,后背呈现出一种奇特的形态,像是在向百子赎罪。

两人都没有再提起在茑子公寓中发生的那件事,但就算没有一个郑重的和解流程,两个人也能像从前那样心意相通。"这就跟画面扭曲了的电视一样,在解决了故障问题之后,还是能正常播放。"百子心想。

二人对东一郎感激不已。因为要让两人和解,与谈情说爱相比,眼下正经历着的真实事件所带来的感动更为有效。

郁雄让百子在天亮之前睡一觉,哪怕小睡片刻也好。凌晨三点过后,一向顽固的百子也不再坚持,到陪护病房休息去了。虽说是陪护病房,也只是一间比欧式病房位置稍高的三张榻榻米大的小房间而已。

不久,郁雄的耳边就传来了百子的鼾声,就像是微波在舔舐海岸。

鼾声听起来十分健康,并且温和而有规律。细想一下,这是郁雄第一次听到百子的鼾声。他的手被病人占用,就算扭过头去,也看不到她熟睡中的脸,但那祥和、端正的鼾声带给他一种清澈的幸福感。当然也会让他产生一点小邪念。在自己身后,百子正在安心地陷入沉睡,这让他隐隐觉得有些骄傲。他从来没有如此强烈地感觉到,自己正在依靠自己的能力来直接守护百子。

窗户发白时,"云上人"终于也开始发出了鼾声。郁雄悄悄把手抽回,没有打扰到他的睡眠。

郁雄站起身来,把窗帘掀了起来,看着凌晨的天空。雨不知什么时候已经停了。黎明的天空中散乱地飘着轻盈的云,但整栋病房大楼还是灰蒙蒙的。

他用手捂着嘴打了个小呵欠,走进了陪护间。百子把枕头弄掉了,微张着嘴酣睡着,从嘴唇缝隙中露出的牙齿十分可爱。郁雄不由自主地在她的下唇轻轻吻了一下,但沉睡中的百子却一动也不动。

郁雄想起在希腊雕刻图集中看到的希腊时期的杰作《沉睡的阿里阿德涅》。"在我吻着百子时,她到底会做什么样的梦呢?说不定梦到一只苍蝇停在她的嘴上了呢!"想到这里,他的脸上浮起了微笑。接着,他把毯子铺在病房角落那硬质的皮革长椅上,把修长的腿弯曲着躺了下去。

三

　　……且说突然喷发、吓了众人一大跳的休眠火山不可能这么折腾一下就停止喷发了。火山无论休眠多久，一旦喷发，或许连自己都没法控制。

　　拆线工作完成后便可以出院了。在住院期间，梅雨季节也基本结束了。想从夏天闷热的病房中尽早逃脱，这也是人之常情，但手术过了两周、线也拆完之后，东一郎还是很顽固地不肯出院。医院苦于病房数量太少，为了让他尽快出院，也采取了各种方法，但东一郎总是想方设法以各种理由推脱。

　　原来东一郎看上了浅香小姐，要和她结婚。

　　特意赶来逼他出院的母亲被面色红润、人也胖了一圈的儿子出了一道难题："不让我和浅香小姐结婚我就不出院。"她铁青着脸独自回了家。无意中听到父母嘀嘀咕咕说起此事后，百子从后院飞奔到门外，在无人的街道上放声大笑。斯皮茨犬呆呆地站在远处，见主人像疯了一样一个人狂笑不止，它觉得很不对劲，于是狂吠起来。

　　百子用街角的公用电话打给郁雄，把这个消息报告给他听。郁雄爽朗的笑声从电话那头响起。

　　"是不是很好玩啊！下次有什么新的消息我再跟你汇报。哥哥之前一直像一只沉睡的狮子，现在突然宣布闹革命了。"

　　但是，女间谍百子发回的第二通情报就不是通过电话了。在炎炎夏日下，她坚持把郁雄约出来，在一家装有冷气的咖啡厅里跟他逐一汇报。事情已经变得很复杂了。

　　那天晚上，郁雄回到家之后，看到宝部夫人穿着只在夏天才会穿的衣服，正用电风扇吹着丰满的胸部。"你这样子就跟在用紫外线灯照射治疗的患者一样。"

"哎呀，你别说一些听起来就很热的事情好不好？光听你这句话，我这好不容易消下去的汗又要渗出来了。今夜人家招待我去东京会馆，那里楼上的风真是凉快，可是楼底下却一点风都没有，甚至到了晚上气温还上升了。我简直要被热死了。"

郁雄早就习惯了母亲这种夸张的言辞，于是很自然地把话题一转，聊起了东一郎结婚的事。

"啊？！啊？！"

母亲听得入迷，眼珠都快飞出来了，看来天热这件事转眼就被她抛到了九霄云外。

"啊，真可爱！那赶紧让他们结婚不就好了吗！"

"但是听说木田夫妇都反对呢。"

"为什么？为什么？"

"护士小姐的母亲是个寡妇，在给别人做保姆，家境很不好，她说两人门不当户不对。"

"哎呀，真可笑！我去探病时也跟那位叫浅香的护士小姐说过话的，我觉得她是个很不错的姑娘啊！人长得美，性情又温和，工作卖力，做事稳重，这样的人在这个年代很少了。还讲什么门当户对，现在都民主时代了，怎么头脑还那么死板呢？这种事情在现代来说，已经构不成反对的理由了。东一郎这孩子真是有眼光啊，我挺佩服他……什么门不当户不对的，就算他是旧书店的老板，这么说也太迂腐了吧！"

听着母亲的长篇大论，郁雄心下暗笑。这种时候最能体现出母亲的优点了。如果宝部夫人想法再有逻辑一些，比如"郁雄和百子的婚事也是门不当户不对，最终我还是应承下来了，可百子家却对更为贫穷的人家抖出要门当户对的道理，这太可笑了"。如果她是用这种露骨的资产阶级意识来解决问题的话，郁雄恐怕会很反感的。但是夫人完全忘了过去的事，只谈论眼下对方的可笑程度。这种狭窄的视野同时也把夫人从那种让人讨厌的境况中拯救了出来，显得她像是一个天真无邪的幼女。

——刚好这时候宝部元一回来了，毫不知情的他只能可怜巴巴地从正面承受来自夫人的感情风暴的冲击。

"你来说说，门不当户不对这个理由是不是很可笑？我们想办法成全东一郎先生和浅香小姐吧。你去探望东一郎的时候，也见过浅香小姐的，对吧？"

"见过吗？我忘了。"

"骗人！是谁在探病回来的路上说：'要是有那么漂亮的护士小姐陪护，我也想得上盲肠炎'的？"

"嗯，她确实是漂亮，但就见过那么一次，看不出她是不是一个坏女人呀。"

"我看得出来啊！我们一起去说服木田的父母吧？"

"别多管闲事了。"这位冷静的实业家说道，"不要干涉别人的幸福。"

"可是，这不算是别人啊！明年我们就是亲家了！"

宝部元一有个习惯，通常夫人开始叽叽喳喳说起来时，他的眼神就开始迷离，像在做梦一样，心里想着别的事了。只因为在他看来，男欢女爱这种东西对人类而言并没有什么大用。

宝部夫人见丈夫逃避，就先停下来等着，因为知道要是逼他太狠，那可就万事休矣。其实，就算夫人再独断专行，丈夫最后还是会乖乖听夫人的话。

——第二天，郁雄给百子打了电话。

"你们家那位危重病人出院了吗？"

"还没呢。还在坚持呢。看样子是真心要罢工了。"

"那个，我妈可能也要加入战斗了，看样子今天可能就会到你家游说去了。她可是所向无敌、永不沉没的战舰啊，你拭目以待吧！"

"是吗？那就太棒了！"

"我妈要是充当调解人，要么就彻底搞砸，要么就一举成功，肯定有个结果的！她想把这个事情了结了，然后优哉游哉地出去度假呢！"

"又是去热海的别墅吗？"

"嗯。全家都很兴奋呢。因为每年都要去炎热的热海度假的。"

"你也去吗？"

"嗯，去的。你也一起去吧！"

"可是，你妈妈怎么说的？"

"我妈说了，她的计划是，想整个夏天都把你留在热海。你要被监视了，好可怜！"

"好啊，我不在乎！"

百子的声音在这个炎热的夏日里听起来十分清凉，简直是无忧无虑。在说话期间，郁雄把眼睛转向海的尽头去看那夏日白云，心想，即使站在那些沉甸甸而又觉得刺眼的云朵前，听着百子说话，也会有清风拂面的感觉吧。

八月

一

"所向无敌、永不沉没的战舰"宝部夫人的进攻取得了成功。在这个最炎热的季节，东一郎和浅香小姐终于要订婚了。让木田夫妇回心转意的原因，按宝部夫人的话来说，固然是因为自己出了大力，居功至伟，但木田夫妇也亲眼见了浅香小姐的母亲，虽然她是个寡妇，靠做女佣维持生计，但品格良好，细心温婉，总之木田夫妇很喜欢她。

订婚仪式结束后，宝部夫人就带着郁雄和百子匆匆赶往位于热海的别墅。宝部夫人的心情格外地好，最让人欣慰的一个变化是，通过这件事，夫人消除了对木田家持有的成见。她开始发自内心地把百子当做自己的女儿了。形势急转之后，夫人所表现出来的深情真是让人叹为观止，甚至到了一刻也无法忍受百子不在身边的地步。

坐电车到热海只需两个小时的车程。到东京站送行的人很多，相当热闹。当然了，忙碌的元一没有现身，而要把女儿交出去的木田夫妇和一门心思将宝部夫人视作恩人的东一郎和浅香小姐等四人都来给他们送行。

这种时候百子母亲想的也是"不能给宝部夫人丢脸"，于是大热天里也让丈夫郑重地系上领带，在胸前别一枚硕大的珍珠领带胸针，穿上刚从洗衣店拿回来的麻质西服。她也命东一郎穿上了西服，还给浅香小姐特意做了身夏天穿的连衣裙。但她只是跟着去买布料而已，布料和造型的选择、裁剪都由浅香小姐独自完成。百子对浅香这一高雅的爱好感到很吃惊。

结果，站在东京站前的四人都身着正装，像是要出国一样，而接受送别的三人早就穿上了具有避暑地风格的休闲服。宝部夫人的夏装是银座最好的裁缝店的作品，但穿在她身上后，显得有些不伦不类的。

"请各位和我们一起去玩吧！"

宝部夫人用尖利的声音说道。

"我们倒是很想去。特别想去，但店里实在是走不开！"木田夫人老老实实地回答道。

电车开动很久之后还能看见百子父亲手里挥动着的巴拿马草帽。

"哎呀，就跟去新婚旅行一样！"

听郁雄这么说，宝部夫人表示：

"等你们真正去新婚旅行的时候我也会跟着去的，你们不用担心！"

"那大可不必！"

百子在家里从没有听到父母和孩子聊得这么开，所以她对宝部夫人和郁雄的这种对话很感兴趣。

"热海应该会很热吧！"就像事先为自己辩解一样，郁雄对百子说道。百子很清楚自己在未来的婆婆和丈夫之间所处的位置。宝部夫人对元一没有在更为凉爽的地方买一套别墅而私下里抱有几分自卑感。

"哎呀，但对我来说绝对是够凉快了。之前一直被夹在哥哥和浅香小姐的热乎劲儿当中呢。"

宝部夫人首先愉快地笑了起来。生来就不擅长开动脑筋分析问题的夫人对百子的话中包含的安慰意味一点都没察觉，只是一味开心地笑着。

"原来你要避的是你哥哥的暑热啊！"郁雄也觉得好笑。

旅行的开始阶段很关键。车内很热，浓绿而沉重的窗帘使得座位大半都显得昏暗，但三个人都发自内心地感到幸福。宝部夫人买了很多冰淇淋，装在大号的保温瓶里，还没到横滨时，她就想吃冰淇淋了。郁雄把大大的软木塞盖子砰的一声打开，就露出了里面清凉的蓝色玻璃内胆，干冰散发着水雾。这个玻璃内胆让百子想起了护理哥哥那晚装有咖啡的保温瓶。

"我想起那晚的咖啡了，真的很好喝。"

"嗯。我刚刚也想起来了呢！"

两人都回忆到了彼此和解的那一幕，互相使了个眼色。

"真烦，你们两个就净想些我不知道的事。"

嘟着嘴这么说的夫人看上去就像是个小女孩。

二

宝部家的别墅说是在热海，实际上离伊豆山更近。从热海宾馆往东，车程只需五分钟左右，穿过冒着腾腾热气的夏草，往断崖方向开去，就看到了仿佛被掩埋在草丛当中的别墅屋顶。下了石阶，穿过古朴的大门，只见院子草坪的对面，大海的海面上散发着纯洁的光芒。而在到达那里之前，一路上都有高高的夏草和树木，所以看不到悬崖下的大海，这使得第一眼看到海时的效果更为震撼。

一对经验老到的船家夫妇和他们的儿子一起负责看守这栋别墅。在郁雄他们登船后，船家便开动了原本系在悬崖下海滨上的"宝部丸"号日式蒸汽船。此外还有一个宝部家的老女佣，她从昨天就来这里做准备了。

每年这里都会因为郁雄的关系而成为团体合宿之地。尤其是在他上高中时最为频繁，有很多朋友来来往往，老练的女佣为了节省饮食开销，净给做一些咖喱饭。有时候一天做三十多盘咖喱饭。宝部夫人则与他们分开，独自食用日式高级料理。但反过来，当宝部夫人的朋友们出现时，厨房里就会忙得天昏地暗了，有时老船家也来帮着做一些刺身或是烧几道菜。浴室里引入了温泉，到夏天时，这里比那些三流的旅馆还要热闹。

——老女佣前往热海车站迎接夫人、郁雄和百子。夏天并不适合去热海度假。也不是没有团体游客，但整个热海市都在炎炎烈日下迷迷糊糊地打着瞌睡，那些原本在其他季节的阳光下显得很有情调的一排排土特产商店，此刻在炽热的夏日阳光的炙烤之下满是灰尘，且看上去十分廉价。在苇帘搭起来的棚子中，有些土特产的玻璃纸包装都已经干裂破损了。

"东京真的是太热了！"

夫人对仅比她早一天离开东京的女佣说道。

"这里的温度其实差不多，但是风不太一样，所以您真的要受些委屈了。"

四人坐上租来的汽车离开了清静的站前广场。广场上人影稀疏，更显得毫无遮挡的夏日阳光酷热难耐。

到别墅之后，夫人首先喊道："洗澡！洗澡！"然后发疯似的跳进了温泉里，郁雄和百子这才终于有了二人世界。二人四目相对，笑了。

"要是能够就我们两个人在这里生活就好了！"

"那估计我们马上就吵起来了！"

百子说道。

"我不会再跟你吵架了！"郁雄不好意思地说。

今年夏天，为了不让朋友们再旁若无人地进进出出，郁雄已经事先打好了预防针。而且最要好的那帮高中朋友在上大学之后就各奔东西，交往不再那么亲密了。但在每年的八月五日郁雄生日那天，朋友们还是会聚到这里。

太阳眼看就要落山了。狂风呼啸着吹进房里，像是要把整栋房子都给撑破一样。百子抬起头，感受这股凉意。她的胸口就像吸饱了风一样，让郁雄看得心猿意马。世上没有一个人的脖颈能像百子的那样洁净，有着桃子般的色泽。而且，这片肌肤尤其白皙，当她不经意间抬起头时，柔美的曲线就延伸开来，显出一块小而明亮的区域。从那里一直到胸口那恰到好处的膨胀之处为止，丝毫没有突兀之处，让人感觉就像是看着一扇明亮的窗户一样。

老女佣把冷毛巾和冰镇大麦茶端上来后就出去了。郁雄急切地想吻百子。百子也默许了。但在两人接吻的过程中，百子并没有像往常一样闭着眼，而是神色紧张地一直用谨慎的余光留意着门口的动静。

早早地用过晚饭之后，夫人已经有些犯困，于是二人撇下夫人出去散步。夕阳下，青草的气味浓郁而芬芳。

"哎呀，忘带手电了！"

郁雄赶忙回去取来。当他举着银色的手电在夕阳下一闪一闪地走过来时，百子仿佛看到了她所不了解的他的高中时代。眼前这个活得悠闲自在的青年，应该就是他那无忧无虑的少年时代的再现。当然，她也不是在逆境中成长起来的，在这一瞬间，她想到一句话——"在幸福中成长起来的人是最美的"。虽然她不喜欢郁雄的懦弱，但也没兴趣去喜欢那些命运坎坷或是苦大仇深的男人。那些性格阴郁的男人也不是不能接触，但女性多半还是有自私心理的，总感觉接触过不幸的人，自己也会被传染上不幸，心里多少有所抵触。

二人走在沿着悬崖修建的栈道上。这里可以通到海边，看上去有些危险。路弯弯曲曲的，很不好走。大海在他们眼皮底下激荡，但又始终与他们保持着距离。

"明年我会在这里装一部电梯，在那之前我们要先忍一阵。"

"那我就当电梯小姐。五层就要到了，五层是儿童用品、玩具、绘本还有童装……"

在说笑的过程中自己竟然脱口说出这么奇妙的话来，百子不由得脸红了，于是赶忙住口。郁雄的眼中反射出夕阳的余晖，他专注地盯着百子。

"别这样看着我，坏蛋。"

百子刚说完，忽然被郁雄一把抱起。

"我早就想这么做了！"

郁雄喃喃地说，那语气让人感觉相当可怜。百子想，自己可不能任由他摆布。

——二人终于下到海滨。这里沙地很少,似乎是宝部家专用的小型海滨,岩石相互挤压,成群地向海里突出。初岛的轮廓在海面上清晰可见。这处海滩显得比海面还低,岩石间充满涨上来的潮水,就像是海的一个断面。海浪冲上岩石顶端时水花四下飞溅,形成一道美丽的彩虹。

"这里可游不了泳啊,但是能抓到很多鱼!"

郁雄说道。

"宝部丸"号停在悬崖下的草丛深处。船保养得很好,吃水线以下被新涂了一层蓝色的油漆,十分鲜艳。

"这样我们明天就可以去自己想去的地方了,去初岛也行,网代也行。"

郁雄说道。

二人坐到纹丝不动的船上。船板被太阳晒得热乎乎的,坐在上面就跟在暖炉边打坐一样,二人仿佛回到了孩童时代,玩起了乘船出航的游戏。郁雄鸣起出航的铜锣,百子则唱起了萤火虫之歌。

"来给我们送行的人,你们等着瞧吧!"

郁雄一边亲吻着百子的颈项一边怒吼。

郁雄问百子是否知道从日本到马赛之间所有港口的名字。百子把记忆中知道的都数了出来,但还没数到孟买的时候就放弃了。二人又展开了航海知识比赛。"charter party 是什么样的 party 你知道吗?"郁雄问道。百子胡乱蒙了一个,说是不是船员举办的宴会之类的?没想到答案却只是"租船协议"而已。

百子第一次接触到郁雄诗意的一面。他从小就向往船员生活,进入大学以后也是,在上海商法课程时都会特别用心地听讲。

二人乘坐的"宝部丸"号船头冲着大海，随着波浪的跳动，云朵的飘移，有时候会给人一种小船正朝大海乘风破浪行进的错觉。海上的风浪逐渐平息，两人这才发现风浪拂过的帆船上竟然有些闷热。

"哎呀，有人在看我们！"

百子把郁雄的手拨开。

"骗人！"

一艘晚上出海打鱼的渔船轰鸣着从岩石一旁经过。身穿白色衬衣的渔夫朝这边大声呼叫，像是在嘲弄他们。

……二人回到别墅时天几乎全黑了。原以为宝部夫人已经睡着了，但当他们刚踏进家门时，从里面传来了一阵明快的声音。

"百子小姐，你今晚睡我房间哦！"

而郁雄的床铺则铺在与客房相反的方位，中间隔着一间起居室。看来宝部夫人是以百子的警卫自居了。

三

终于到了八月五日郁雄生日这一天。

百子早就知道今天是郁雄的生日，所以从东京出发时就备好了礼物。那是一个设计精巧的美国产的领带夹，在金属部位镶有鳄鱼皮。这是她用自己攒的零花钱买的。

当天，宝部夫人让百子把她上女校时的朋友也请来，但百子总觉得不好意思，于是没有照办。而郁雄以前的朋友来了四五个，都带了女朋友。有一位朋友特地从轻井泽来热海，说是总在一片土地上生活，有点烦了，出来寻找一些变化。还有从叶山町和逗子市来的。别墅有一间地面铺有木板的房间，面积约三十平米，兼作起居室和卧室。因为想用它来跳舞，所以郁雄拼命往地板上打了蜡，这使得对此一无所知的老女佣摔了一个大马趴。她每年都会摔倒，这是这个毛手毛脚的人每年都会表演的固定节目。郁雄笑着把这件事转告给百子听。

"吉泽君今年也会来吗？"

宝部夫人问儿子。

"嗯，当然会来啊！"

"那人总是神秘兮兮的。"

"哪有这回事！"

"不过嘛，他可是你的朋友当中最有魅力的一个！"

"从女人的角度来看，那家伙真就那么有魅力吗？"

"主要是他在想什么你根本就不知道。和那人比起来，你呀，就像个透明的玻璃箱。"

"这次不知道会不会带女孩来，等聚会一结束就住到热海宾馆去。"

"那不挺好的吗。小情侣住我们家还真不方便呢！"

"可其他的朋友都挺单纯啊，就那家伙除外。就算是带女孩子来，大家也都会坐末班车回去的。"

他漫不经心地往百子的方向瞟了一眼，仿佛在为自己辩解。他是想向百子夸示，与这个百子从未谋面、名为吉泽的朋友相比，自己具有道德上的洁癖。

从轻井泽来的就是这个吉泽。听完他们的这番对话，百子对吉泽产生了一些好奇心，这倒也无可厚非。

——生日那天也是好天气。跟往常一样，百子在一阵蝉鸣声中睁开了眼。宝部夫人还在睡觉。百子麻利地梳洗打扮，然后把早就准备好的小盒子从包里拿出来，走到餐厅，呼唤郁雄的名字。郁雄穿着睡衣从洗漱间飞奔出来。二人轻轻地接了个早安吻，感受到了牙膏的薄荷香味。

"生日快乐！这个送给你！"

郁雄接过她递过来的小包裹，迅速打开看了看，脸上露出开心的笑容。

"今年的生日感觉好幸福！去年我在这儿过生日，见不到你，虽然和朋友们闹得很疯，可一点都不开心。我很清楚这一点，所以去年才没有把生日告诉你。"

"我去年也觉得挺孤单的呢。"

百子说道。去年夏天时，郁雄住在热海，只是偶尔去一趟东京，而百子自己又不能到热海来。和那时比起来，今年的幸福让他们格外珍惜。

"哎，你看我今天化个什么妆好？"

"什么妆？你就照你平时那样不就好了吗！"

"真是头疼！"

郁雄不知道百子在担心什么。其实是因为在一群年轻的单身男士中间，百子并不希望郁雄表现得就像已经成为她丈夫一样，淡定而迟钝。

四

正午时分，玄关处人声鼎沸，就像一群暴徒冲进家里一样闹腾。

原来，客人们都在热海车站会合，然后一起过来的。从叶山町来的是两男一女，从逗子市来的是一男两女，而从轻井泽来的……

是的，就在大家争先恐后像孩子一样喧闹着从玄关进来时，从轻井泽来的那一组还在玄关外的烈日下彷徨。郁雄还没来得及向出来迎接的百子介绍，百子就已经清楚那是吉泽那组了。吉泽个子并不太高，但是肤色略黑，体格健壮，脸部棱角分明。一起来的女生很漂亮，但明显已有三十来岁了，而且衣着华丽，属于已婚妇女的品味。她穿着黑色麻质裙，新颖有趣的无袖印花布衬衣，手腕上戴着像是用很多链子把仿制金币串起来做成的手镯。吉泽一身白色西服，里面是黑衬衣。和其他学生相比，这一组就算站在宾馆门口也不奇怪。

"小心，地板很滑。"

郁雄把大家带进大厅。这是一群运动神经发达的人，所以不会像老女佣那样出糗。有个女孩故意滑了一下，踉踉跄跄地，但一把就抓住了身边那位晒得黝黑的男性朋友。

接下来就开始自我介绍，并且纷纷掏出了礼物。吉泽脸上却没有一丝笑意，只是给大家表演了一个魔术：摊开空荡荡的双手给大家看，然后把两手合在一起，再从攥着的一只手里扯出绢制的绿色手帕，然后是红色手帕，最后扯出黄色手帕，手帕一端系着一个作为礼物的朗森牌打火机。

"你们可要当心哟，这家伙下起手来可是稳准狠啊！"

郁雄笑着说。他没有特意冲着谁说，但百子觉得那是冲着自己。吉泽对百子完全不理不睬。后来她才渐渐知道，吉泽时常因同行的那个三十岁女人的任性行为而苦恼。他那棱角分明的脸总给人一种隐忍自重的印象。女人的任性行为具体是什么样，谁也说不清，有时候她嚣张跋扈；有时候又哀怨哭求；有时她会当着众人的面板着脸命令他"拿火柴来"，然后又不耐烦地拿着没点的香烟走了；在众人后来下到悬崖去玩时，如果吉泽没留意，先她走了五六步远，她就会像被人遗弃在边远孤岛上一样喊道："喂，等等我，等等我！"对这种女人，百子一开始就没抱有好感。"哎，怎么那个女的老是一副焦躁不安的样子？"她问郁雄。

"因为她太迷恋吉泽了！"

"迷恋，然后就那样？"

百子不禁陷入了深思。

——宝部夫人很懂得把握露面的时机。大家要坐船出游前，她才让女佣端着三明治、饮料之类的东西出现在大家面前打个招呼。每个人都对她有好感，觉得她是一个善解人意的母亲，事实上，这位胖得快要因为暑热而融化了的夫人在所有人的眼里都显得十分可爱。她心满意足地走了。虽然她也很想跟着坐船出游，但第二次露面还是留到舞会的时候吧！到时笑眯眯地看着年轻人跳舞就好了，夫人内心已有了决定。

在船上和众人说笑，前往吉滨海岸的快乐航程，在吉滨海岸游泳，在海滩玩耍……渐渐地，百子玩得也很投入了，仿佛和大家都是陈年旧交。彼此年纪相仿，也就省去了要区别对待的麻烦，大家都能坦然相对。但只有吉泽和那三十岁的女人不对劲。吉泽时不时会冷不丁爆出很幽默的言论，大家却总觉得氛围不对。吉泽依旧完全忽视百子，反而是老船家跟大家打成了一片。

"好老套的手法，"百子想，"无缘无故就对我爱理不睬的。"想到这里，百子不禁对吉泽有了些看法，于是向郁雄求助。

"不用在意。那家伙天生就是这样。"

郁雄心不在焉地回答道。他只顾着自己开心地玩了，这就是百子所担心的，他扮演着"淡定的丈夫"的角色。

——傍晚回到别墅，泡过澡，吃过饭，房间的灯光被调得略暗，舞会正式开始。百子换上了白色质地、黑色向日葵花纹、裙摆很宽的连衣裙。这是郁雄最喜欢的衣服。在被阳光晒过的肌肤上喷上科隆香水，顿时一阵清爽感游走全身，她感觉到了自我满足式的肉体上的幸福感。

舞会开始了。宝部夫人坐在昏暗的一角笑眯眯地看着。有一个举止轻浮的人来邀请她跳舞，被她生气地拒绝了。

"太过分了，让我去跳舞。那种下流的动作我可不会做。"

规则是，各人先和自己的舞伴跳舞，然后换个舞伴接着跳。吉泽总不来邀请自己，眼看自己就要被安排到最后了，这让百子很受刺激。"好啊！最后才来邀请我是吧，到时我会果断拒绝他！"像是看穿了百子的心思，吉泽在倒数第二个时邀请了百子。

吉泽的舞跳得真好。或者更恰当地说，太好了，反而有点走形了。百子尽量让脸颊离他远一点，并且一言不发。但是让他看出自己生气也不好，于是问他：

"你在轻井泽时每晚都跳舞吗？"

"不，"吉泽俯下脸，额前的几丝头发碰到了百子的额头，"我不会跳舞，也不喜欢跳。"

恰在此时，百子的正前方出现了宝部夫人那笑眯眯的脸，于是百子本能地按了一下吉泽的背，让他转过身去。

"怎么了?"

"没什么。"

"那说说我吧。我要被那个女人搞疯掉了。如果我能活到秋天,那时我们再见吧!"

"太夸张了吧!"

"我说真的,如果能活到秋天的话,我就会去找你。我目前这种精神状态,和像你这样朝气蓬勃的人在一起实在是太难受了,所以我一直在躲着你。"

"我就那么像那种所谓的'健康优良儿'吗?"

"在我看来是的!"

"哎呀,你过奖了。"百子不禁高声笑道。

"如果我能活着回来,并且也那么朝气蓬勃的话,一定请你见见我这个重获新生的男人。你们家就在大学门口,对吧?"

"你怎么知道?"

"我们小郁的罗曼史可是远近闻名呢……等秋天以后再说吧!"

吉泽自顾自地重复道。

九月

一

九月回到东京之后，百子发现自己不知怎的，竟然开始期待着能再见到吉泽。这并非因为她对郁雄厌倦了。但什么"错误"都没犯就从热海回来了，百子对此还是感觉心里有些失落。

实际上，这几周的热海旅行让二人完全掌握了躲避危险瞬间的技术。如果真的被那股冲动支配了，就算宝部夫人的眼神如何碍事，也不能说完全没有机会。白天两个人假装出去游泳，出去找个旅馆、开个房间也就行了。说到底，二人还是没有勇气去做。

……关于夏天的回忆，其中当然有一些很美好的事物。那是八月中旬旧历盂兰盆节的夜晚，晚上有灯笼漂流的活动，一开始宝部夫人和他俩一起站在院子的一角，观赏随着潮水摇晃起伏的灯笼。从吉滨海岸附近放出的灯笼随海浪漂到了这里。八月中旬时，夜晚的海风很有秋天的气息。太阳落山之后，远处山脚下的房子点亮的灯火看上去十分安静。

二百多个灯笼，分成若干个不规则的群体，潮水似动非动，等天完全黑了之后，视野中所见的灯笼数量渐渐增多，一闪一闪的，像是会呼吸一样，徐徐向东流去。仿佛那上面坐着一个个精灵。或者说，就像是坐着一个个活生生的人。

"感觉好孤单啊！看着看着，就让人心情惆怅。"

宝部夫人说道。夫人向来喜欢热闹、花哨、奢华的事物。

此时，若干个灯笼群随着潮水的涨落渐渐往视野之外漂去。那不是要往热海方向漂去，倒像是被海浪推着往"宝部丸"号停泊的岸边靠近。也许是那群精灵想要登陆了。

"啊，说不定用手就能捞到。"

郁雄说。然后催促百子跟她一起去到悬崖下方。宝部夫人坚决反对：

"别了。那些东西不吉利，捡它做什么。绝对不能去。光看看就行了。"

"妈，你下去监视我们吧！"

"我不去。大晚上的，还到悬崖下面……"

"那，我来替你监视郁雄吧！"

百子说道。

"可以吗？我只要想到要用手去摸，就觉得浑身不自在。这孩子，谁知道他要干什么。"

夫人就是害怕灯笼。这时，郁雄用手电在院子里四处照了照，喊了一声："有鬼火！"夫人捂住耳朵就往屋里跑。

于是二人借着手电筒的光，从曲折而危险的小道下到布满小石子的海边。在树林的间隙处，那些灯火摇曳着，就像有一大帮人提着灯笼走过来一样。

夜晚的波涛是平静的。灯笼群随波浪上下起伏，远远看去，就像很多的灯笼叠在了一起。按说夜晚眼睛是看不见波涛起伏的，但在灯笼的照射下却一清二楚。

"不管怎样也要捞一个。"

郁雄爬到了岩石上。

"不要过去！"

百子试图阻止他，但没有用。

似乎只要手一伸，灯笼便触手可及。其中也有一些灯笼，火已经熄灭了，却还在漂着。郁雄的手都被浪花打湿了，眼看要到手的灯笼也在浪花溅碎之前躲到了波浪后面，就差么一点点，却被它逃开了。

试了两三次，郁雄终于决定放弃，又回到了海边。

"你看吧！"百子得意地说道。

"你这个时候倒是很坚定地站到我妈那边去了呢！"

郁雄不服气地说道。

这时，他们看到灯笼群中有四五盏的火快要灭了，灯身剧烈地摇晃，绸做的灯面忽然变得异常明亮，但很快又暗了下去，两三次反复之后火就灭了。而且那四五盏灯笼熄灭几乎是同时发生。之后在风的吹拂下，这一大堆灯笼又慢慢地向海上漂去，而灭了的那四五盏就像是被黑暗吞没了一样。

……这可以说是今年夏天最为印象深刻的一瞬间了。一种无常之感涌上心头，两人互相握着对方的手，但那份情感充满了不安，并没有发展为朝气蓬勃的热情。

——夏天结束时，百子心想：

"在不知不觉中,我和郁雄都避开了爱抚的机会,也学会了如何拒绝对方。这种事情一旦成为习惯,会不会对今后的婚姻产生影响呢?"

——接着到了九月,百子不由得想到了吉泽。

二

在此之前,百子也曾有意无意地向郁雄打听过吉泽的情况。

"他好像说过他被那个女人逼得走投无路了,那现在怎么样了?"

"这个就不知道啦。总之他和那个女人吵得很凶,女的太爱吉泽了,吉泽又到处拈花惹草,她就把手枪藏在提包里,威胁吉泽说要杀了他。要是真被杀了那就完了,吉泽想逃又逃不了,内心想要逃避,可能不光是因为可怜她吧。唉,就算只是恐吓,手枪这东西也太危险了。那家伙也太随性了,结果被这种女人给缠上了。据说人家还是富家女呢。"

"啊……"

想到生日那晚,那个女人包里就装有上了子弹的手枪,百子顿觉毛骨悚然。当然郁雄也是在那之后才听别人说的,如果那时候就知道的话,也许当时就婉言谢绝她进门了。

——从那以后,吉泽就没有再出现在他们的话题中了。虽然觉得这么做就跟个小孩子一样天真,但百子还是开始每天早上都读报纸了。这种血腥的"桃色事件"每天充斥着夏末的社会新闻版,不过,她并没有看到具备吉泽和那个女人特征的任何一组照片。百子在期待什么呢?是不是在她心里也在期待别人发生不幸,这样好把自己平凡的日常生活给打乱?

大学新学期开始了。一天,郁雄一放学就去了百子家,跟她一起喝茶时,突然说道:

"再忍七个月就好。"

百子不知道他在说什么,有一瞬间她愣住了,然后才忽然意识到事情的重要性。忘记离结婚还有几个月,这实在是重大过失。郁雄一脸焦躁,但百子对这一重大过失并没有刻意地加以辩解,这反而让郁雄感到安慰。

——那个吉泽果真履行了他的诺言。九月中旬的某一天,按照原先说好的,活下来的他到百子的店里来拜访。百子不在,他跟店员自我介绍说"我是郁雄的朋友",然后留下张名片就走了。

名片上印有电话号码,但百子回家看到名片后,当然不会给他打电话。吉泽既然活着来过,这下她所有的兴致也就消失得无影无踪了。一切到此为止。自己被吉泽骗了,对此她心中颇为不快。

九月是残夏与新秋的交汇点。不时地有纯粹属于秋天的日子探出头来。吉泽第二次来访就是在那样的一天。他穿着发白的灰色法兰绒西服,系了一根花哨的斜纹领带。

百子正要出门去学做料理,刚巧和他迎面碰上。当然,吉泽上的大学也不是T大,他显然是特意来拜访百子的,但他在问候之辞中却说是偶遇。百子也不得不对此表示认可,但心里却冷哼了一声。

"你这是要出去吗?"

"要去学做料理。"

"那么再见了。"

吉泽结束谈话的方式太过于干脆了,于是百子没好气地说道:

"果然你还活着嘛！"

"嗯嗯，这件事，可能有义务跟你报告一下。"

百子想到了那把手枪，于是好奇心又被勾了起来。吉泽问：

"你在哪里学做料理？"

"是T会馆的烹饪学校。"

"那我们一起到市中心，在那附近聊聊吧！"

不由分说地，吉泽伸手拦了辆出租车。

三

百子每周都会去三次烹饪学校，它属于T会馆的分馆。吉泽推开会馆总部正门旁边的一扇门，从一块写有"鸡尾酒廊"的霓虹灯广告牌下穿过。这个午后，白天不开的霓虹灯那蓝色的玻璃管和河边杨柳的颜色都像被秋天用一把毛刷刷过一样。

爬上五六级台阶后便进到那家鸡尾酒廊内部。这里白天依旧昏暗，无数的洋酒瓶堆放在柜台四周。穿过柜台往大厅里走，只见到处都有红色的小灯发出微弱的光，夸张一点说，这里暗得伸手不见五指。

百子知道吉泽有所企图，但这里是庄严肃穆的T会馆，所以丝毫没有惧怕的样子，大大方方地坐到有些陈旧的皮革沙发上。百子点了杯雪利酒，吉泽则点了无甜味的雪利酒。

"我先问问你啊，手枪的事我从郁雄那听说了。"

百子说道。

"手枪的事其实是个谣言。她倒是有好几次在我面前服毒自尽。

所以包里装的其实是毒药。不过最让我害怕的是，她说自己想死的时候会先杀了我再死，而她什么时候下定决心去死绝不会告诉我的，这就是她想出来的心理战。你看，这里有个装了水的杯子，我现在要很自然地把它喝掉。"

说着，吉泽像个魔术师一样，真的把杯子里的水咕咚咕咚喝下去了。

"而那里面可是有毒的！我五六分钟过后就会毒发身亡了。她见我喝下后，自己马上也跟着喝。在她跟我坦白这个愚蠢的计划之后，我实在不知道她是不是还有别的什么阴谋诡计。至少她事先成功地给了我'这种事她做得出来'的印象。

"然后大概就是今年六月份左右吧，奇怪的是，之前我本来不打算深入这段感情的，结果那时就完全陷进去了。不知道什么时候会被杀掉的那种恐惧，以及我们做爱时的快感夹杂在一起，可能你还没体会过这种感觉，（这句话严重地伤害到了百子的自尊心）那是我之前从没有经历过的东西，很黑暗又很甜美，充满魅力。而且我也不再担心我不风流就会被杀掉了，于是我就拼命地去风流快活，那种风流带来的刺激真是妙不可言。在热海见到你的时候，我正想从那种不健康的心理状态中走出来，因为如果自己不想办法挣脱出来，那可就陷入进退两难的境地了。"

百子想要反驳他，但渐渐自己就被他的话带进去了。虽然很生气，但正如吉泽所说的，那种陷入性爱深渊的感觉自己并不了解。虽然不了解，但她隐约觉得，超越人的幸与不幸、与死亡相邻、既恐怖又快乐的世界是存在的。

"然后你怎么做的？像你那时所说的那样，活下来之后又变得朝气蓬勃的了？"

"你看不出来吗？"

确实，或许是心理作用吧，在吉泽伸过来的脸上，分明出现了青年特有的开朗，和之前那种黯淡截然不同。

"总算是活过来了，实际上，"他继续说道，"实际上，很侥幸，纯粹就是侥幸，她的父亲刚好突然要去美国，非要把她带过去。那么厉害的一个女人，由于玩得太疯，以致把婚期都错过了，成了一个老小姐，虽然这让她在父亲面前抬不起头来，但却过得很开心。这就是上流社会特有的现象吧。她父亲是财经界人士，最近作为政府的特使被派到美国去了。所以九月初的时候，在台风当中，她一把鼻涕一把泪地搭乘泛美航空公司的飞机飞走了。第二天我就立刻跑到书店找你了，你不在。我当时真的是又蹦又跳地一路跑过去的。"

"她还真是很势利的一个人呢，真让人吃惊！"

百子对那个女人完全没有同情心，所以虽然觉得他说的都是侮辱女性的风流韵事，还是很干脆地附和他。

"还有啊，之前不是说用毒药来威胁你吗？"

"是啊，机场送她时我才突然反应过来，这可能又是她的一个新把戏，所以我做好了被戏弄的心理准备。但她的表情特别悲伤，一直藏在父亲身后躲避摄影师的镜头，然后才上了飞机。报纸上说，她父亲还有三四个月就回来了，但她要留在美国念大学，所以一切都解决了。"

"这样啊……"

听完之后，百子忍不住发出一声叹息。这时已经过了烹饪课开始的时间,但她并没有要去上课的念头。她已经完全沉浸在某种思绪当中了。

吉泽说道:

"要续一杯吗?"

"不,不用了……不过我还想问你一句,你真的没事了吗?真的恢复正常了吗?心中难道没留下什么创伤吗?"

这是一针见血的好问题。吉泽把第二杯无甜味的雪利酒也差不多喝完了,他把空高脚杯放到桌子上,像把玩象棋棋子一样拨弄着,沉默了好一会儿。

"这个啊,获得解放的感觉只持续了一天,然后就觉得非常空虚,就像敌人突然死去一样。类似于寂寞,但又有些不一样。我感觉自己很危险,那种感觉,就像被人强迫戒毒一样。如果没有什么东西支撑,就这样发展下去,可能以后还会一样的……不对,或许自己会去找一个更加不健康的麻烦,然后再一次堕落。所以今天,我是第二次去找你……"他这时才第一次直视百子的眼睛。

"但心境和第一次完全不一样了。我希望……我希望你能给我一些支持,或是能够帮助我。"

四

形势至此急转直下,但这种反转极其自然,百子现在已经不觉得讨厌了。

"你这人吧,又薄情又脆弱!刚见你第一面的时候,我还觉得你是一个大坏蛋。"

百子说道。

"可能是吧！"吉泽脸上没有一丝笑意，"但在我心里刚开始见到的你和现在的你，一直都没变，一直都是那么'健康优良'。从那天生日开始，我就有一种直觉，'能够拯救我的就是这个人了'。"

"女救生员？我吗？我游泳可差了，远远达不到能救人性命的地步。自己游泳都会呛水。"

——总之，这是一次很愉快的谈话。吉泽约她接下来去吃饭、跳舞，她拒绝了，但在他的恳切邀请下，她糊里糊涂地答应下周的今天一起去横滨跳舞。

据他说，在山下公园大道上新开了一家夜总会。

百子回到家时，正是晚饭时间。

"今天学什么了？"母亲问她。

"烩饭。牛舌鱼烩饭。"

"烩饭是什么东西？"

"就是一种混杂在一起的盖饭。"

"盖饭谁不会做？每个月交那么高的学费，就教这种东西？"

百子对母亲撒了谎，这个谎撒得很不单纯，她心里也有点内疚。

当晚，木田家有客人来吃晚饭。是哥哥未婚妻的母亲浅香莺。她是个寡妇，做女佣的工作，但品格良好，性情温和，木田夫妇很喜欢她，前面也提到过。她只能算半个客人了，因为她就跟家人一样，经常出入木田家。

至于百子，她总觉得和这个老妇人不投缘。父母没有看人的眼光，总是看错人。但按百子的性格，也不会把这些自己观察到的东西一一说出来。

首先，百子很不喜欢她老是叫百子"大小姐"。"求你别叫我大小姐了。"这话百子说过好多次，但她只是当时答应，事后又开始大小姐长、大小姐短的了。还有一次，她对百子穿的和服赞不绝口，让百子把自己的和服都拿给她看看。于是百子把母亲给自己做的和服不分春夏秋冬的都拿给她看。她一件件地感慨，说什么饱眼福了、很感谢她之类的话。百子倒没觉得有什么不对劲，但之后有女佣跑来跟她打小报告了。

"浅香小姐家的那位夫人说：'百子小姐准备的嫁妆真多啊！只是不知道会不会也给我们家的女儿十分之一呢？'"

对这样的小报告，百子听过也就算了，但从那时开始她就觉得，对这个人可一定得小心了。

这个时候的浅香茑显得清新脱俗、秀外慧中。因为每次来的时候，木田夫妇都好心地给她一些旧的和服、小件杂货、碎布头、针头线脑的东西。而她的穿着却显得比百子的母亲看上去还要俏丽，百子有时惊讶于她那五颜六色的打扮，但木田夫妇却被浅香茑迷惑住了，逢人便说，那么踏实、那么好的女人真是世间少有。

只有百子一个人不喜欢茑，这件事似乎茑也感受得到。她也开始对百子敬而远之，但在百子父母面前还是极力地称赞她。

因此，这天晚上百子的心情极其郁闷，最终饭只吃到一半就觉得气氛很尴尬了。

院子位于市区，却到处都有虫子鸣叫的声音，四周很安静。店铺门前来往的电车、汽车的声音反而凸显了秋天夜晚的宁静。院子的一角，在下过雨之后的夜晚，简单种了几棵的紫苏和山椒在暗夜中悄悄散发着香气。

"您家里这么雅致古朴,而且令千金和令郎都恋爱结婚了,新旧两种好处都占了,世间这么完美的家庭已经很少了,回头小女也一定跟大小姐多多学习。"

"我会不会变成可怕的小姑啊!"

百子半开玩笑似的说道。茑说:

"不不,大小姐,怎么会呢!"

"可是,我有时也有坏心眼的。"

"百子,这种乱七八糟的事就别乱宣扬了。"

"哎呀,什么坏心眼,上哪去找您这样的……不过说起来,还是您兄长人最好!"

"我哥人特别好!"

"哦,是这样吗?"

话是浅香茑自己说的,这时却装起了糊涂。

五

眼看就到了和吉泽约好的日子了,但百子也不可能兴高采烈地出门去。她时常想起郁雄说到"再忍七个月就好"而自己却没有反应时,郁雄脸上露出的落寞的神情。这是她和吉泽唯一一次的约会,就把它作为单身时代最后一次小冒险吧,但也应该就此划上句号了。制造一起和当时发生在女画家的画室里一样的事件,让郁雄也寒碜一下,那会怎样?那件事确实给了百子从一个更高的角度看待郁雄的契机,但其结果绝对算不上理想,现在可没必要也给郁雄同样的契机。

总之，一切都在理性可控的范围内。百子爽快地给吉泽打了电话，只说由于感冒发烧不能赴约了等要点之后就把电话给挂了，心里也没有过意不去的感觉。这样吉泽应该也死心了吧？

但三十分钟过后，吉泽就到了她的店里，这让她很是吃惊。那时刚好浅香茑也来到了木田的家，见百子父母不在，她正准备回去时，百子第一次恳求她道：

"我知道你要回家，不过能不能先帮我个忙，跟那位客人说一声呢？因为我不好意思拒绝一个叫吉泽的人的约会要求，所以才称病在家。你能帮我表达一下这个意思，帮我打发了他吗？"

"啊，这样啊！明白了。大小姐这么恳求我，我别提有多高兴呢！"茑说完就出去了。店里不时交替传来茑尖利的声音和吉泽低沉的声音，不久终于安静下来。看来吉泽已经走了。

百子松了一口气。她偷偷地从自己房间里紧闭的窗户向外眺望外面的天空。风很大，有点台风的感觉，玻璃窗不安地抖动着。但天空清澈蔚蓝，红蜻蜓绕着电线杆来回穿梭。百子开始觉得自己好像真的病了。她想起以前生病的时候从窗户看到的秋日的天空就跟童年所绘的图画一样美。于是百子格外地怀念自己的儿童时代，感觉自己长大之后什么快乐都享受不到。她想和郁雄永远像孩子一样玩下去，但结婚又让她感觉有些恐惧。这种感觉不停地向她袭来。

……

事态并不像百子所设想的那样发展。

茑自称他们走的是同一个方向，于是茑和吉泽一起走在本乡大道上。茑做完自我介绍后，吉泽便毕恭毕敬地与她交谈。在古老的本乡大道上，风把旧书店门前的灰尘吹得四下飞扬。走了不到一百米，茑突然说道：

"其实啊，吉泽先生，百子并没有生病。"

"啊？"——但很快地，吉泽又回复到了他以往的沉稳和骄傲。

"我本来也这么想。"

"为什么您会这么想？"

"她应该是顾及郁雄了吧！"

"那就不知道了。我也不知道这孩子怎么想的，不过嘛，看起来她并没有很爱她的未婚夫哦！"

"您的意思是？"

"她既然要和您约会，就说明她不是很喜欢郁雄。要么就是事到临头了心里内疚了，要么就是因为焦虑什么的，我是这么想的。现在的女孩子啊，虽然年纪轻轻，做起事却老练得很！"

"啊……"吉泽顿觉心里又有了希望，双眼烁烁发光。

"如果您真有这份心，我们可以好好聊聊！您要是那么执着的话……到那边喝杯茶如何？"

吉泽一边对事情竟会如此发展而感到震惊，一边跟她走进了一家古旧昏暗的咖啡厅。但是茑起初谈起的话题都不是关于百子的，而是对经济不景气的抱怨，从突然谈妥的门不当户不对的婚事、木田家如何吝啬，一直到自己为嫁女而筹借嫁妆钱有多不容易，等等。

吉泽一边喝着和年糕小豆汤一样颜色的难喝的咖啡，一边想，这些牢骚和百子又有什么关系呢？但耐着性子听完之后他就明白了，实际上关系大了——茑实际上是想以"关照百子"为代价让他出嫁妆钱。

"刚第一次见面就和您提这种要求，确实是家丑外扬了，不过……"茑以优雅而冷静的表情说道,"您既然说是郁雄的朋友,那我想,我们也不是毫不相关。"

"要我做什么?如果能办到的我一定办。"

"两三万就行了。作为回报,我会帮您把她照顾得妥妥的。"

听到这里,吉泽目瞪口呆,差点把咖啡杯都打翻了。吉泽这个人虽然年轻,但却很老成,在听完整件事后,并没有表现得像一个铁骨铮铮的汉子一样,为了百子拍案而起。在这一瞬间,他心里盘算的是,要是百子的话,区区三万元还是很便宜的。

"……我会说些好话,把她带到神田一个叫做'锦秋馆'的旅馆去。那里的女管事是我朋友,什么事都会帮我办得妥妥当当的。"

茑说着,在吉泽的记事本上详细画了一个地图。从她将记事本从吉泽手里接过去的手法,以及用铅笔塞塞窣窣地画下锦秋馆地图的指尖……吉泽推测她以前肯定在花柳街做过皮条客之类的工作。

六

临近十月的某一天,百子很罕见地被茑请去吃饭,于是她就去了。这明显是属于茑的政治任务,她应该是想要借机拉拢百子。对于这种老套的做法,百子笑了。她没有任何理由去拒绝。

"这种事就不要跟您父母说了啊!总觉得有点小题大做了。"

"放心,我不说的。"

"是我以前就知道的一家料理店,在神田一带很少看到有布置得那么漂亮的。大小姐,今晚我们一起好好地喝上一杯吧!"

——从一排杂乱无章的酒馆屋檐下拐进一条巷子,尽头处有一家日式饭店，门口如说书场般宽敞明亮。"料理旅馆　锦秋馆"，虽然不喜欢这块牌子中"旅馆"这样的字眼，但因为是和茑在一起，百子也不怎么在意。

"我是浅香，我们在新馆侧楼有预定。"

"恭候多时了，请进。"

刚进入走廊，就遇见了一个像是主管的人。

"啊，茑小姐，欢迎！"

"不要叫我茑小姐啦。这一位是木田先生家的大小姐。"女管事相当客气地寒暄了一番，然后就走了。百子感觉有些怪怪的。

二人穿过弯弯曲曲的走廊，经过通常都设有石制洗手盆、种有小竹子的小院子旁边的侧楼时，原以为四周都是高楼，此处想必也会闷热难耐，但秋天傍晚的寒气已经迫近了谷底，端上来的热气腾腾的小毛巾摸起来格外舒服。

"来啊，大小姐，喝一杯吧？"

茑的劝酒技巧很高明，每次百子一拒绝，她就劝得更凶了：

"没关系！我负责照顾您，保证给您送到家！"

原本滴酒不沾的百子在喝了几杯酒后，头脑昏昏沉沉，茑那喋喋不休的话渐渐听起来模模糊糊的了。茑却还在不断地说一些很俗套的话，诸如"以后我们俩好好相处啊""我们真是有缘，从今往后要交往一辈子啊""我就喜欢大小姐好强的性格"之类。

百子绝对是一个稳重的人。虽然这时候她并没有觉察出什么危险，但也不想顺着茑的意思，放心地一醉方休。虽然茑的嘴里说出的那些俗套的话听得不是很分明了，但支撑着她的想法却是，对茑绝对不能言听计从。这下就连茑也觉得事情有些棘手了。

茑去上卫生间时，百子想着差不多该打道回府了，于是拿出手包里的镜子照了照。脸上还留有被夏日阳光照射的痕迹，但这样也太红了。"糟了，回家之前一定得找个地方凉快一下。"她想去屋檐下吹吹风，站起身时才发现自己已经醉得很厉害了。"不过没关系，人和人之间打交道是很麻烦，但我有信心解决好。嗯，说不定我可以当个女政治家呢！"

百子回过头时，理所当然地，就看到了进到房间里来的吉泽。

"啊！"

"啊，我是来这儿参加宴会的。刚刚在走廊那里碰到了浅香女士。"

"啊，对了，这个人跟茑是认识的。"百子用已经被酒气冲昏的头脑想着，丝毫没有意识到一切都在按计划进行。

"你醉了！"

"哪有！上次真是不好意思，我生病来着。"

"你记性倒挺好！"

吉泽也装着仰望夜空的样子来到走廊处。但他的言行显得相当不自然。百子忽然意识到了这种不自然，直觉告诉她，有危险。吉泽也敏锐地察觉到百子已经觉得有些不对劲了。他伸手抓住了百子。

"我知道了，原来你和浅香是一伙的。你！我知道了！"

百子一边反抗一边大喊，吉泽则露出大少爷的真面目，拼命为自己辩解。他用以往总是能成功说动女人的低沉而甜蜜的声音，在虽被抱住却在死命挣扎的百子耳边轻轻说道：

"我刚刚是骗你的。我也不想的。但浅香女士她……"

"啊！"与眼前所发生的事相比，这句话更让百子吃惊。

"你弄疼我了。这样子很难看。你坐下说，我不会跑的，有话慢慢说，浅香女士怎么了？"

正说着，她的嘴唇被吉泽的嘴唇重重地压住了。这一吻的时间相当长，但因为百子一直保持安静，所以吉泽也就放下心来，像是从中获得了某种自信。

百子震惊于自己的心跳竟会如此剧烈，这多半是因为喝了酒以及经历了一番剧烈的运动的缘故。她尽量保持冷静，慢慢地从吉泽的手腕中挣脱开来。为了让吉泽放松警惕，故意坐到了离出口较远的一个坐垫上。

"你沾上口红印了。"说着，百子从包里取出手帕，吉泽正想伸手来拿时，百子阻止了他，然后把手帕仔细缠在自己的手指上，有意地在他嘴的周围擦拭。其实她是怕被他拿走手帕，以此作为对自己不利的证物。

接下来，百子所做的事情就很巧妙了。她先是用平稳的语气说话，确认笃已经拿到了钱。最后说道："我醉得很厉害呢，有没有什么地方可以躺一下？"

吉泽有些吃惊，但还是说道：

"隔壁房间怎么样？"说完随即站起来，往铺好了床的隔壁房间里伸头看了一眼。百子瞧准时机，立刻冲了出去。出门时恰好撞上一个貌似是笃的女人，把对方撞了个四脚朝天，但她实在顾不上去分辨那究竟是不是笃，而是一直朝玄关飞奔而去。当然，玄关并没有她的鞋子，情急之下，她随意穿了一双摆在那里的木屐就跑了出去。跑到大街上之后，她才放慢脚步，拦下了一辆出租车。而且，在穿着那双鞋走进自己家门之前，她还有充足的时间去上野附近的一家大型的鞋店买上一双新鞋。一切堪称完美。

十月

一

浅香茑所做的事情实际上是以愚蠢的结局收场了。要说她意图，她是真的想让长期以来积攒的对阶级差别的仇恨都爆发出来。她厌倦了贫困。起初在料理店做女佣，抚养孩子，孩子长大当上护士之后，她也想做点正经的工作，但作为勤杂工，每天都得穿着肮脏的外套清扫公司的走廊，这让她的心里一直愤愤不平。

终于，梦寐以求的幸运降落到了女儿头上，自己也因此能和小有资产的家庭攀上亲戚了，这就跟做梦一样，她简直喜出望外。但在此期间，将幸福的人们和自己进行对比之后，意识到自己虽然混进了大鱼群里，但杂鱼终归还是杂鱼，于是心理更加扭曲。不仅如此，连摆出一副小姐姿态即将出嫁的女儿她都恨上了。

论及原因，有一半是因为她也曾有过美好的年华，但却身陷贫困，于是对年轻人抱有嫉妒心理。正如前面也提到过的，茑那时对百子也怀有敌意。在眼看就要抓住幸运女神的关键时刻，她却无法耐心地等待它的到来。在她看来，连幸运女神也在嘲笑她，蔑视她。

所以，笃才突然想到要用自己的双手毁灭这一切。她极度憎恨已将自己视为木田家的人的女儿，一方面又恨不能给女儿提供理想嫁妆的自己……但最恨的还是所有方面都被她拿来作为参照物比较的百子……由于这种复杂的心理作祟，笃才运用自己以前做皮条客的才华，追上了被百子托病拒之门外的吉泽，没有经过深思熟虑就把吉泽拉进了一个恶毒的计划之中。如果一切都能顺利进行的话，不管百子是独自守着这个秘密和郁雄结婚，还是抛弃郁雄、跟吉泽结婚，她都可以在背后吐着红舌头，嘲笑这些愚蠢的有钱人。

……而在百子随机应变的应对之下，这个计划变成了泡影，这下就连她也慌了手脚。

在百子跑回家的同时，笃也猛地冲了出去。她要赶到饭仓片町去。只有吉泽一个人被扔在原地，呆若木鸡。

在感情方面，他不是一个会把事情搞砸的男人。所以对于这次失败，自己也觉得很可笑。而且，在百子转身逃出房间的时候，他只想到"啊，完了！"，却连追都不想追，那种冷静和敢于舍弃的做法，连自己都觉得很佩服。

当然，百子跑出去的那一瞬间他还是吓得呆住了。随后他靠着墙壁，伸直双腿坐了下去，看着如同井底般狭小的院子的秋夜。他伸手拿起酒杯，抿了一口杯中仅存的一些残漏。

四周传来了秋虫的鸣叫声。

"切！还挺有情调的呢！"

他想。不知为何，他就是对百子恨不起来。虽然今天这场体育比赛输了，却觉得心里很畅快。或者说，对于百子的完美表现，他甚至想送给她掌声。"我到底还是太年轻啊！"他用拳头击打着自己的头部，感觉里面发出了空洞的回音。

他终于站起身来呼叫女佣。有人应了一声"来了"，但她过了相当长的一段时间才出现，这肯定是因为时机不太对。结账时，他问道：

"浅香女士呢？"

"她有事先走了，让我给您带个好！"

可能她也刚巧有事要办吧，吉泽心想。但就在这一瞬间，经验老到到和年龄极不相称的他脑海里闪过一个念头："啊，老太婆，你是要去亡羊补牢啊！"她多半就是去郁雄那里了，事情一旦从茑的嘴里说出来，难以想象自己会被说成多坏的一个人。

"我怎么着也得作出一些应对才行啊！"

吉泽边穿鞋子边想。这时在玄关的一角，一双似乎在哪见过的鞋映入他的眼帘。这正是百子的鞋。于是他问道：

"哎呀，这位客人还没走吗？"

然后过于老实的女佣回答道：

"哦，这位客人已经走了。也不知怎么地，她慌慌张张的，穿上只能在院子里穿的木拖鞋就冲出去了呢！"

"那我把那鞋子送还给她吧！麻烦你用报纸什么的帮我包一下。"

吉泽尽量用很自然的语气说道。

二

只要宝部家的门铃在夜里响起，宝部夫人通常第一反应就是紧张。她以为小偷是堂而皇之地从正门进来的。

所以每次听到门铃响起时，先是家里养的那条博美犬会狂吠。然后就是夫人大喊一声"糟了糟了"，作出要逃跑的姿态。如果只让女佣去开门，她会很不放心，所以郁雄也经常被叫到玄关处去做女佣的警卫。宝部元一基本不在家，而当他回来时，门铃会响三声，那时她就立刻明白了。

首先是打开玄关旁边的窗户。这扇窗户上镶了厚厚的铁格子。之后的程序就像是去牢房探监或是去修道院探视一样。宝部夫人之所以小心到这种地步，绝不是因为有过什么惨痛的经历，而是因为有一次看到报纸上报道了一个在家留守的妻子惨遭杀害的案子，于是获得了灵感。

这天夜晚就有门铃响起。郁雄陪女佣走到门口，从窗户往外看，只见一个脸上涂了厚厚一层白粉的女人站在月光下。

"是谁啊？"

"我叫浅香茑，您好，少爷！"

茑用妩媚的声音喊着，随后她就被请进了家里。宝部夫人也出来了。无论如何，以后都是亲戚，何况她是自己亲自说合的那门亲事的当事人的母亲，于是夫人很热情地邀请她进了客厅。

"啊，这和服选得真有品位，您看起来好年轻啊，太让人羡慕了！"

"您别取笑我了，夫人。"

茶水和点心等端上来后，宝部夫人跟郁雄亲切地和茑交谈，但一直没说到关键的话题。在持续了很长一段时间的沉默之后，茑才诚惶诚恐地说道：

"真不好意思，我有些话想和少爷说，方便一起去一下书房吗？"

对于宝部夫人来说，这话实在唐突。自己热情周到的招待居然会被以这样的话语来回应，这在她记忆里可是第一次。这语气不就等于是在责怪宝部夫人不懂事，到现在都还不肯走吗？

"哎呀，那是我失礼了啊，那您就跟郁雄好好聊聊吧。"

说话间，原本好脾气的宝部夫人脸色已经变了。她头也不回地走出了客厅。

"什么事？"郁雄一边想象着母亲稍后一定会狂风骤雨地发作一番，一边很困惑地做好进入正题的准备。

"这可不是件小事呢……"

茑压低了声音说了起来。

……

等茑终于回去以后，宝部夫人借口说头疼，走下楼来查看情况。只见客厅灯开得很亮，郁雄一副筋疲力尽的样子，把身子陷在椅子中。旁边的桌子上摊着《生活》《纽约客》等报刊，但都没有读过的痕迹。

"怎么了？"宝部夫人走到儿子跟前问道，随即被儿子苍白的脸色吓了一跳。

"哎呀，你的脸色怎么这么难看，是不是生病了？"

明亮的客厅里，从窗外传来了虫子的鸣叫声，更增添了一抹苍凉的感觉。壁炉上的大理石纹路显得冰冷无比。

宝部夫人没有像郁雄所设想的那样歇斯底里地爆发。总是出乎别人预料，这就是夫人的性格特征。

相反，夫人要把跟这身肥肉相称、满是营养的母爱灌输给儿子，此刻可谓时机正好。

"怎么了？你说话啊！"

郁雄立刻表现出少爷的直率本性，把自己的悲伤原原本本地向母亲倾吐。

"浅香女士特意跑来告诉我，说百子和吉泽去找旅馆住了……"

"啊！"

"这是由于浅香的错误造成的结果，她感觉自己责任重大，所以跑来告诉我的。吉泽跟浅香女士说我正在和她喝酒，让她把百子带过来。等二人来了之后又说我很快就到了，委婉地让浅香女士中途离开，自己则趁机把百子带走，找个地方住下了。喝过酒之后，百子似乎也不是完全对吉泽没有心思，浅香女士虽然屡次阻拦，但是……她不知道接下来百子会怎么说她的坏话，会怎么撒谎，于是马上跑来报告了。"

"嗯……嗯！"

宝部夫人边听边用和服的袖子捂着胸口的位置。她那丰满的脂肪下其实也有一定的理性。想着接下来自己该成为儿子的依靠时，她端直了身子。对茑的反感在这种情况下更加能让她保持冷静。

"总觉得哪里不对劲啊！不如先给百子打个电话，先确定一下她在不在家吧，那样就知道她有没有住在外面了。"

"但是浅香女士说的是昨晚发生的事情啊！"

"是吗，那就没办法了。不过没事，别人我不知道，要说百子，绝不会做出这种事情的。"

"妈妈也这么想吗？"

"当然这样想了。这孩子人品如何，整个夏天我可都看在眼里的。"

"谢谢妈妈!"

郁雄任何时候都没有像今天这样对母亲心怀感激。

"这个事情我总觉得不可信。那个女人背后肯定有很多见不得人的事情。"

听母亲这么说,郁雄也想起了茑进门后种种坐立不安的表现。

"现在就给百子打个电话看看吧?"

"嗯。"郁雄有点犹豫,如果不打这个电话,他不知道自己会有多么忐忑。

"好了。我来打吧!"

听到宝部夫人以明快的声音和对方交谈,郁雄觉得母亲简直是个出色的外交官。终于母亲笑眯眯地回来了。

"在的。那边也让我给你传话了,说她也有要紧的事要说,让你明天上学之前,先到木田家一趟。"

"电话已经挂了吗?"

"嗯。你就放心吧。明天你们见面一聊,这事也就轻松解决了。"

三

第二天幸好是个典型的秋日晴天。难眠的一夜终于过了,见到阳光的时候,郁雄觉得今天的自己真的太幸运了。头脑很清醒,没有一点彻夜未眠的后遗症。

从窗帘缝隙透进来的阳光照在寝室的白墙上。他不喜欢在墙上挂块匾额或是贴各种各样的东西。他喜欢的是有学生房间感觉的那种白墙。看到投射在墙上的秋日朝阳时,他愈发坚定了百子是纯洁的女孩的想法。

他踢开毛毯蹦了起来,换上制服,往书包里装东西……

终于来到大学前面了。站在雪重堂的后门时,他的心情已经变得很愉快了。百子走了出来。她的眼睛有些红肿,表情就像个小孩子。

"去那边,边走边说好吗?"她说道。

"嗯,昨天浅香小姐的母亲来我们家了。"

"她说什么了?我想说的也是这件事。"

"说的话很不中听。"

"你相信她说的话吗?"

"我不相信!"

"有没有怀疑过我,哪怕就一瞬间?"

"没有。我妈也是。"

"是吗?我太幸福了。有你这句话就够了。"

百子一直没有往下说。她沐浴着朝阳往前走去,阳光照在脸上时感受到的幸福感让她眼泪都要流下来了。我确实是深爱着郁雄,百子想。

见百子沉默不语,郁雄反而有些不安了。

"据说是前天晚上的事情?"

"浅香女士这么说的?好毒辣的手段。这其实是昨晚发生的。"

百子把事情从头到尾说了出来。自己身边居然有着这么强烈的恶意和奸计,对此郁雄很难有实际的感受。迄今为止,他周围基本都是善良的人,就算是有坏人,也没伤害到他,以至于不知不觉间他觉得自己对那些不好的事物具有免疫性了。

"为了钱就陷害你？怎么会想出这么卑劣的阴谋？"

"那就不知道啦。不过出钱请她办事的吉泽不也很过分吗？"

"这一切都太不可思议了。"像是要把聚拢在自己身边的一切不正常的东西都给甩掉一样，郁雄激动地挥舞着书包，然后把自己最为不满的事情说了出来：

"好像只有我们才是正常的，所以才被他们盯上了。"

在百子看来，虽然郁雄一直觉得自己是一个充满活力的、快活的人，但今早的他才真正体会到了一个男人的苦恼。实际上的确如此。因百子堂哥一哉的事而怒气冲冲地冲进屋里时，郁雄脸上只有孩子气的愤怒。但今天早上，他的脸上所流露的才是陷入苦恼中时一个男人真正该有的神情。

虽然不是所有的责任都在于百子，但百子的心里还是很过意不去。因为她也不是完全没有出轨的念头。但一旦从现实的丑恶中醒悟过来，之前没有太过重视的郁雄的纯真、善良、看上去很不值得信赖的诚实这些品质突然显得光彩夺目。郁雄那看起来就很值得信赖的身为男子汉的狼性表露无遗。她发现郁雄身上有一种这个世间罕有的正派的青春活力。她把他苦闷的样子看在眼里，每走一步她就觉得内心愈发喜欢他。不仅如此，即便处于这种容易被人误解的事件的漩涡当中，郁雄母子还完全相信百子，想到这里，她深切地感受到那比自己的父母还要亲近的人就站在身边。二人离学校越来越远了。

"可以吗？你不用去上学吗？"

"不想去了。"郁雄喃喃地说。

"是我不好。"

"我没怪你。"沿着本乡西片町老旧房子中间的小路,两个人慢慢往里走去。即将腐朽的木门里可以看到银木犀那白色的花,在他们经过时散发着香味。胡同里有一间小小的稻荷神社,秋日上午的阳光照在挂有鳄嘴铃、略显肮脏的红白色绳索的一端。另一端的上面则被屋檐的影子所遮掩,但沐浴着阳光的那部分反而显得更脏。

"进去参拜一下吧!"

"好。"

"希望在我们结婚之前,再没有什么烦人的事情来打扰。"

郁雄身上没有可以用来敬献的香火小钱,于是向百子借。百子这下才露出了笑脸,把十日元的硬币塞进了他的手心。

"捐过钱契约可就成立了啊,稻荷神大人,您应该会遵守约定吧!"

这的确是典型的法学专业学生该说的话。

四

郁雄最终没有去上课。和百子分开后他也进过校门,但走到教室门口时就心生厌恶。对于像他这么勤奋的学生来说,这真的很少见。

在穿着同样制服的学生群体中,他觉得自己很孤独。一般在法学部这种人数众多的学部中,很难结交到甚至只是点头之交的朋友。而且今天也没在学校看到毕业于同一所高中的那帮人。

静静地普照着学究作风的大学校园的秋日阳光,叶子即将变黄的道路两侧的银杏树,研究室窗户上反映出的天空……想象中这种美妙的安宁和他现在的心境相距并不是很远。郁雄瞬间变得很孩子气，想到昨晚母亲的态度，想到只有对百子母亲才表现出的绝对支持，他特别想尽情地和母亲吐露心声。

他用校内的电话打给了宝部夫人。

"什么事啊，这个时候找我？"

"我从木田家的小姐那里听到了一件让人震惊的事情，现在马上回家跟你汇报。记得在家等我。"

"哎呀，是大事件啊。那我就不出去了，在家等着。你赶紧回来。和美容院的约定我电话取消就行。"

——郁雄回家后，夫人拉着他的手径直朝书房走去。

"真相到底是什么？"

夫人说这话时显示出了露骨的好奇心，郁雄不喜欢这一点，但他还是气喘吁吁地把从百子那里听来的事一五一十地说了出来。

"啊？啊？茑女士居然，啊……"夫人瞪大了双眼说道。出乎意料的是，她显得很冷静，这让郁雄觉得有点扫兴。夫人的表现更像是她对自己凭借直觉猜对了百子是纯洁的这件事而得意：

"你看是吧！我就这么觉得的。这样不就没事了吗？百子真的是很踏实的孩子呢。"

郁雄不喜欢母亲这么简单地就把问题了结了。母亲一点都不理解他的苦恼。

似乎意识到了什么，夫人问道：

"刚才你挂了电话之后，吉泽先生立刻就打电话过来了，说想跟你见个面，我告诉他你马上回来。"

"啊！"郁雄吃了一惊。他现在可不想见到吉泽。他这下又愁得脑子乱糟糟的了。这时门口的门铃响了。对于白天的铃声，宝部夫人是能保持镇定的。她那单纯的内心里认定了强盗流氓白天是绝对不会上门作案的。

"是吉泽先生。你放心,我也跟你一起去。我们必须随机应变,因为他手里的牌可不止多你两三张。"夫人说起来就像是在打扑克牌。

——穿了一身西服、一如往常那般潇洒的吉泽就等在客厅里。那略微发黑、有棱有角的脸型使他看起来冷静而从容。今天这次尴尬的访问让他紧张,同时却也让他领悟到了不可思议的人生奥秘,于是他看上去显得朝气蓬勃。因此,一走进客厅,郁雄立刻有了一种受到压制的感觉。

来访的吉泽没有丝毫的恶意。他只是来跟朋友忏悔的。为百子那飒爽的表演而倾倒的他,此刻要成为百子最好的证人,除此之外什么想法都没有。

"你来做什么?"

郁雄若无其事地问道。他那孩子般的气质却掩藏不住。所以吉泽立刻认定整件事情的前因后果郁雄都已经知道了,因为郁雄的表情和平时截然不同。

"我可以待在这里吗?"宝部夫人高兴地晃了晃她亮闪闪的指环。吉泽这时候展示了他过人的胆识。

"当然可以……我只想说一说我做的丑事而已。"

……

吉泽真诚地坦白了一切。这与郁雄从百子那里听到的几乎完全一致。最后吉泽从旅行袋中拿出一个用报纸包好的东西交给了郁雄。

"这是什么?"

"你打开看看吧!"原来是百子那双沾满了泥土的鞋子。郁雄两手拿过鞋子，呆呆地看着。吉泽说道：

"这是能证明百子小姐清白的最佳证物，所以我才过来的。如果我当时真的得逞了，百子小姐是绝不会忘了穿自己的鞋子就回家的，对吗？为了从我这只色狼身边逃走，她穿着旅馆的拖鞋跑了出去……我的话说完了。最后我只有一个请求，打我一顿吧。"

吉泽以平静的口吻说道。他说这句话时，一点表演的成分都没有。他不是在讽刺，而是在试图说动他。当然郁雄没有要揍他的意思。

"可能是因为伯母在，你不好意思动手吧……"

"不，我要留下来。"夫人尖声喊道，"郁雄，你可不能打他。求你了，那种野蛮的事情可不能做。"

"放心，我不会的。"

"打吧，不打的话，回头你会后悔的。"

"不用了！"郁雄伸出手来，想与吉泽握手言和。

"不用了。我没有要打你的理由。因为我始终没有怀疑过百子。"

"这小子，我输给你了！"吉泽爽朗地笑道，"那我就先欠你一顿打吧。我要走了。"说着，他转过身去。背影十分潇洒。

随后，在秋日照射的玄关前，在他和郁雄独处的那段很短的时间里，他眯着一只眼说道：

"我真的是头脑发昏了。"

——吉泽回家之后，宝部夫人渐渐变了，郁雄注意到了这一点。她所喜爱的吉泽也是受害者之一，知道这件事后，更激起了她新一轮的对浅香茑的敌意。

"吉泽也真是可怜。喜欢的女孩子就在身边，又有人愿意从中间搭桥，无论是谁都想要出手的吧？却还要被茑诽谤成那样……"

"你这话听起来不是在同情我啊！"

"同情啊！我对年轻人都很同情的。"

夫人渐渐兴奋起来，她上了楼梯，很快又转身下楼，把客厅的窗户匆匆忙忙地关上。通常这些事情她都是交给女佣去做的。

宝部夫人有些时候冷静得过分，有时候又在奇怪的正义感驱使下忘了分辨是非，谁都没法阻止她。郁雄担心母亲突然又会说出什么来。

夫人似乎突然知道自己生气的原因了。

"茑真是个卑鄙、丑恶、可怕的女人，就跟下水道里的烂泥一样，是世界上最肮脏的女人。啊，真讨厌，真讨厌，那女人居然还坐了这张椅子……郁雄，我先说好啊，我绝对不要跟那样的女人成为亲家。绝对不同意！"

郁雄呆呆地听着。他还没清楚意识到母亲这句话到底会给自己带来多严重的后果。

十一月

一

宝部夫人说出"我绝对不要跟那样的女人成为亲家"这句话时，郁雄并没能明白其中的含义，但渐渐事态就明朗了。也就是说，夫人已经下定决心去毁掉自己曾那么积极地去促成的浅香小姐和东一郎的婚事了。那也就意味着，只要浅香小姐和东一郎的婚约不解除，她就要亲手毁掉百子和郁雄的婚约。

在夫人对郁雄作出上述宣告之后的第二天，她在美容院优哉游哉地过了一个上午。这是秋高气爽的一天。

她的美容真正称得上是无用功。宝部夫人一辈子都没有出轨过，也已经把那个整日忙忙碌碌、一脸威严但又怕麻烦的元一视作她生命中唯一的男人了。但元一对妻子的化妆、服饰等一概视而不见。他先入为主地认为，妻子每天都会穿着同样的和服、留着同样的发型，就算每天经过的街道上有一间房子发生火灾被烧毁，不久又新建了，他也不会留意到其间的变化，而是每天淡然地经过。元一的心境就类似这种情况。而宝部夫人并不是每天都穿相同的和服，不是每个月都留着相同的发型的。

对此宝部夫人也没有表示出多大的不满。她只是觉得每天穿得美美的、打扮得漂漂亮亮的走在大街上，这本身就是一场城市美化运动，除此之外就没有别的野心了。

一大片晚秋的阳光从美容院的橱窗照射进来。夫人把自己深埋在椅子里涂染指甲。头发和脸等部位复杂的护理工作已经完成。她以平和的心态欣赏坐在隔壁的女人，她的头上戴着烫发头盔，磨得锃亮的金属表面反射出一小块圆形的店内全景。

"×小姐（她说的是一位著名女作家的名字）把脸上的皱纹往两边耳朵后面拉，然后再固定住，你说这种事情，整形医生真的可以轻松做到吗？"

夫人问美容师。

"啊，夫人您不需要这么做的。"

这个回答夫人当然满意，但她还是继续往下问：

"笑得太多了，脸上的细纹就会增加，这是真的吗？"

"这个不太清楚，没有太多的科学依据吧？我不这么认为呢。经常微笑、性格开朗的人，永远都显年轻，每天皱着眉头过日子，反而会老得快吧？说到美容这件事吧，精神因素肯定是最重要的。"

这个回答让夫人陷入了思考。眼下自己面临的事情可是跟微笑、开朗搭不上边。既然这样，那就只能快刀斩乱麻了。自己所担心的事情不能让它一直拖延下去，这会导致皱纹产生的……

对于儿子的悲惨命运，夫人完全没有考虑。因为她觉得，在她的决断之下一定万事顺意，儿子和百子的事和这个没有关系，他们相处肯定比之前还好。就是这种乐天的性格，才让夫人一直显得很年轻。

出了美容院,她独自走进一家咖啡厅,点了杯柠檬茶,然后借用了一下电话。她打给了雪重堂,让那边把东一郎找来。

一个听起来还没睡醒的人接起了电话。

"啊,是我。您有什么事?"

"有一件很重要的事,午饭时间,能不能请你来一下银座?"

"什么很重要的事?"

"啊,一边吃饭一边慢慢说吧。我说的故事就像你喜欢的小说里写的那样。"

夫人的话语里没有丝毫的恶意,让人觉得这只是深秋上午所打的一通请人吃饭的电话而已。

二

东一郎对宝部夫人抱有极大的兴趣。当然不是恋爱的那种兴趣。他之前一直想学着写小说,无奈生活圈子狭窄,只能望而叹息。他想写都市风格的洗练的小说,但无论怎么尝试,最后写出来的都是旧书店儿子特有的那种老气横秋的小说,或是自然主义末流的小说。这与其说是环境造成的,不如明确说是天分不高的问题。因为生长在同一个家庭的百子在风华正茂时就已经显得超凡脱俗了。

对东一郎来说,像宝部夫人这样华丽、冲动又有空闲的妇女是第一次出现在自己生活圈子里的珍稀模特一样的人,就这样邀请自己去吃午餐,这正是一个观察她的好机会。而且,夫人不管怎么说也是他和浅香小姐能最终订婚的恩人。不能把恩人的事迹写进小说里，那就非常遗憾了。东一郎曾经很自私地叹息过，如果和夫人有什么冲突的话，就赶紧把它写进小说里。但以他的人品来说，这种事情显然做不出来。

和夫人约定的场所是新桥的 S 俱乐部。那里是新桥的花柳街，是作为客人的实业家们与剧院股东们组成的俱乐部，夫人一位老朋友的丈夫就在那里当经理。那位经理原本是贵族出身的男爵，现在也是御歌所即皇室和歌事务管理办公室的职员，他穿起晚礼服的样子比近些年来那些杂七杂八的客人们都要显得高雅得多。

见服务生们威风凛凛地站在门口迎客，东一郎有些胆怯。他虽然不是贫寒人家的孩子，但一直以来都只和出身农村的文学青年们打交道，只习惯那些位于穷乡僻壤的小酒馆。

刚从美容院出来的宝部夫人此刻深埋在大厅的安乐椅中，头发光彩照人。她一边等着东一郎，一边隔着阳台看着河对面的一座院子。那里现在已是美军医院的院子了，孤独地立着一尊某位日本提督的铜像。在大片大片的阳光下，许多美军伤病号们在散步，这使得医院前院的草坪异常热闹。其中有推着推车散步的士兵，有由人牵着手溜达的盲眼士兵。手推车的车轮转动时反射着阳光，反而更能让人感觉到他们内心的孤寂。这条河的两岸间的对比十分鲜明。河对岸是胜利者的国家里不幸的人们的身影，河这边是战败国的过着奢华生活的人们和服饰华贵的艺伎们在开心地笑着。

见到东一郎进来，夫人笑容满面地站了起来说道：

"二楼的隔间我已经订好了。我们可以在那里好好聊聊。"

东一郎现在才开始意识到自己是因为某件重大的事情才被叫到这里的。

如果把板墙去掉的话，二楼的包间就是一个宽阔得可以作为宴会场的房间，平时则被隔成小间。二人面前，铺有大号白色桌布的桌子沉甸甸地摆在中间。桌子中央有一个插满黄色、白色、红色等菊花的水盆。坐在桌子两边，相互之间都会被这丛菊花挡住，从而看不清对方的脸。夫人觉得这样反而说话更方便。她无意间把目光转向窗户，只见在波光粼粼的对岸，那尊铜像恰好就正对着窗户。铜像似乎也充满了好奇心，微踮脚尖，隔着河向这边的房间窥探。

前菜上来之后，夫人一边手握餐刀，用掌心感受着秋天的冰凉厚重，一边开始了长篇大论。她用巧妙而社交性的言辞把百子遭遇的事件的每个细节都说了出来。

"啊……啊……"

夫人的每一句话都让东一郎感觉震惊，他的喉咙里塞满了食物，渐渐地，他连食欲都丧失了。而在宽敞的桌子上摆放着的大丛鲜花的另一边，宝部夫人对此一清二楚。

"啊……啊……百子这家伙怎么都不跟我说呢！"

"这个嘛，想想百子所处的立场，应该也是正常的啊。事情的罪魁祸首茑女士是你未婚妻的母亲啊！"

一向反应迟钝的东一郎这下隐约意识到了，此刻正在进行的对话即将走向何种困境。

"是啊。这真是太不好意思了……"

"你跟我道歉就太离谱，太荒唐了。我不是为这个把你叫出来的。说到底我是站在百子小姐这一边的，我明确说吧，真心希望你能把这件事解决了，了结我的一桩心事。"夫人很社交性地笑着说道，"既然你也知道茑女士是个什么样的人，那么，我无论如何也不愿意和这种人成为亲家的,你明白吗?"

东一郎糊里糊涂地附和了一声。夫人为何会这么说,他觉得很好理解。实际上,连他也不想再和这种女人沾亲带故了。

东一郎突然清楚了事态的发展。他的胸口一阵悸动,急切地问道:

"照您所说,应该怎么办?"

"你应该清楚的。"

"请说明白些,我应该怎么办?"

"很简单,希望你能和莺女士的女儿取消婚约。如果不这样的话,我们也不能安心地让百子嫁过来。"

"啊?"

东一郎脸色变了,拿不惯的叉子从他颤抖的手中滑落,在大大的盘子上发出清脆刺耳的声音。

他深爱着未婚妻。她的献身精神,她的清纯,她的美丽,一切的一切。像他这样的男人,不会用什么尖锐敏感、神经性的言辞来表达爱情,但自己原本一直身处爱情中,就像身处一间暖气充足的房间中,现在却突然被拖到了户外凛冽的寒风中,这下他更能敏锐地感受到屋里的温暖。这间温暖的房屋绝不容任何人侵占。

"这不行。我做不到。"

他突然大喊。进到包间里来撤盘子的女服务员被那个场面吓住了,赶忙溜走了。

"怎么做不到?这是为了大家好,也是为了你父母好,最重要的是,也是为了可爱的百子小姐好。"

"不行,我绝对不能答应。我爱我的未婚妻。"

"可她是那可怕的茑女士的女儿啊！"

"就算母亲再坏，也跟女儿没关系。"

"是这样吗？"

宝部夫人嬉笑着抛出的疑问触发了东一郎心头的怒火。

"我决不允许你这样侮辱她！"

"侮辱？你说得好夸张。我只是说她们是母女而已。"

"是母女，但是个人什么情况要另当别论。我不允许你把那个坏女人和她混为一谈。"

宝部夫人激动了。她让两只手指的戒指用力摩擦着、发出嘎吱嘎吱的声音。这就像是猛禽为了威吓对方而拍打翅膀一样，这是她歇斯底里的前兆。

"什么允许不允许的，我可是百子未来的婆婆，你怎么能这么跟我说话？注意你的言辞。我说到底也是为你们考虑才跟你这么说的。"

"可是……可是……"东一郎像个议员一样用拳头敲打着桌子。"让我和浅香小姐在一起的，不就是你吗？可你现在却又让我们分开，不就是把人当玩具耍了吗……"

"把人当玩具耍的是茑女士啊！不是我。你这么说真失礼。"

"可你这次是要找个茬把我的幸福毁掉，这简直……"

"你说什么？我的意思是，你也要为你妹妹百子着想一下。唉，真过分，那么激动。听好啊，如果你不和浅香一家断绝来往，我们就要和百子断了！"

"你这是威胁，威胁！真卑鄙！"

"卑鄙？你都没意识到自己被女人骗了就来顶撞我，搞错对象

155

了吧？"

"被女人骗是谁安排的？首先，是谁那么拼命地去把我和那个骗人的坏女人硬凑在一起的？"

"什么硬凑，这么下流的词你也说得出来。明明是你自己主动凑过去的。"

"总之你说的我听明白了，这是资产阶级的偏见，资产阶级小里小气的防身术，为了它，就去践踏别人的尊严，真的是太无情了。"

"哎呀，没想到你是无产阶级，我第一次听说。"

"你就是随随便便把人的真感情当做玩具了。一切都是为了自己。为了维护自己的体面。"

"啊，我这么被人当面骂还是生下来第一次。真是痛快啊！好，好，你尽情地骂吧！但以后可别后悔。"

"看看谁后悔！总之你所说的我绝对办不到。告辞！"

东一郎激动得整个身体都好像快要炸裂开了，小说家的客观性、小说家的冷静之类的东西都完全被抛到了九霄云外。他起身后退时，身体碰到了墙壁上，随后用力把门一甩，冲了出去。

女服务员好一阵子都不敢现身。周围静得出奇。隔着走廊的对面包房里，像是有什么午餐会的餐前发言开始了，传来了稀稀落落的掌声。

夫人从手提袋中拿出化妆盒，重新给脸上补了个妆。脸居然很油亮。

户外的阳光依旧和煦。顺着河流漂过来一艘小船，盖住货物的卡其色防水布鲜艳夺目。

"我一点也不激动。"夫人想，心里还有些得意。现在的她掌握着生杀予夺的大权，对于对手的指责谩骂，丝毫不必理会。

"去过美容院之后头发看着好奇怪，太不自然了，真讨厌。回家之后得重新梳理才行。"夫人想。这时，女服务员战战兢兢地走了进来。

"甜点就不用上了，给我结账吧！"

女服务员一脸惊恐地抬眼看着夫人僵硬的笑容。

三

回到家之后的哥哥一脸苍白，全身颤抖，躲到了自己屋子里。只有百子一个人偷偷注意到了。

"这是怎么回事？云上人怎么那么激动？难道是天上的文坛里发生大事了？"

百子的想法很幽默。然后她进了自己的房间。今天是她去烹饪学校的日子，之后她会和郁雄去看电影。

打开化妆镜，其中一面反射出耀眼的阳光。她走过去拉上了窗帘，然后随意地化了一些清爽简单的妆，换上了外出要穿的衣服。"要是男人的话，这时候是不是要吹个口哨？"百子想。她想象自己的衣柜里堆满了郁雄那五颜六色的大堆的领带。

"系领带时的心情一定很棒。男人这个时候肯定会精神抖擞地把腰杆挺得笔直。女人的衣服嘛，变化可没那么大。"

百子对恋爱的感受还没有什么切实的体会，只是有了时不时就会像这样间接想到郁雄身体的臭毛病。并且时不时地又会担心郁雄的袜子会不会很臭。

"百子，百子！"

哥哥在楼梯中间位置叫她。

"什么？我现在换衣服呢，你再等等啊！"在说这句话过程中她的换装工作已经结束了。

"好了，进来吧！"

哥哥走进屋子时，脸色憔悴而苍白，百子很惊讶，忽地想到这会不会是窗帘的原因？于是跑过去拉开窗帘。

"开它做什么，就那样吧！"

哥哥一屁股坐下，像是赌气一样。百子莫名其妙，被哥哥的态度有些吓到了，她也坐了下来，但窗帘拉上之后略微发暗的房间让她有些不适应。

"好啦，你冷静一下，听我讲！"

东一郎嘴里这么说，自己却根本不冷静。百子也渐渐地胸口怦怦乱跳起来。

哥哥先把宝部夫人把他叫出去的事、听到的关于茑的事都告诉了百子，期间也一次次跟百子确认："是这样的吗？"真实发生过的事，那也只能回答是真的了。哥哥是为这件已经解决的事情生气啊，百子瞬间略感安心，但等听到宝部夫人的宣言时，理解能力很强的她忽地感到不安起来。

夫人不是坏人，但既然她这么说了就决不会轻易让步的。夫人的这种性格从夏天的那次经历中她就知道了。另外，她也知道自己的哥哥到底有多爱浅香小姐。百子现在也清楚了，自己已身临绝境。

"然后呢，哥，你怎么回答的？"

东一郎的脸忽地涨得通红。就像是面对着一个看不见的敌人一样,他发出了富有攻击性的话语。

"当然啊!我明确说了,这不可能。当然啦……那么支持我们结婚,现在又要来强行搞破坏,以此为条件来干涉你们的婚姻,这种资产阶级的任性老婆子,随便她怎么样吧!所以说嘛,我很讨厌这些装腔作势的家伙。反正我就是要结婚。不管谁怎么说我都要结婚。我跟你也先说好啊,这个婚我结定了。"

一向懦弱的东一郎怒气冲冲地说完,却让人觉得他是在虚张声势,以此来掩盖自己对妹妹的顾虑。他没有忘记对妹妹的爱,这一点从他怒气冲冲说出的话语当中,以及只字不提郁雄的名字这一点也可以看得出。

百子愣坐在那里,脑袋里一片空白。

她只想早点见到郁雄。就像那天被吉泽缠住了没有去上烹任学校一样,今天她也不想去。

料理的味道,从锅里升腾起来的蒸汽、香料、厚厚的肉,做油炸食物时清脆的声音……这些东西暗示着和平、欢乐、日常生活井然有序的快乐。但是今天的百子处在一个和料理的世界无限远的地方。在这种地都在往下崩塌的心境之下,怎么还能去考虑炸鸡、冻牛肉、法式烩鸡块(把鸡肉切成小块,用黄油炒)这些东西呢!

四

当晚百子和郁雄见面。郁雄早就察觉到了母亲带有某种危险性,但他没想到最终结果这么快就出来了。

"这种时候应该找谁商量呢?"

郁雄说。二人沉默了三十秒之后，脑海里同时浮现出一个名字来。

"宫内就行啊！"

"对啊，我也这么想呢！"

郁雄马上打电话，还好宫内就在家里，于是二人说要马上过去。

打完电话回来，二人没有立刻离开，而是静静地看着对方微笑。

不可思议的和平就在那时到来了。迄今为止一直都被不安的劲风吹着，但突然之间共同抵挡危难的奇妙感觉产生了，于是百子和郁雄感到前所未有的安心。

"怎么回事，我一点都不担心哎！"

郁雄说道。

"真奇怪，我也是！"

百子用双手扶着发烫的脸。

"好好想想，好好解决它。把你我的智慧综合起来，这就是个小问题而已啦。不管怎么样，我再观察一下情况，再劝劝我妈。"

"我这边可没法说服我哥。看他那个样子，是不可能放弃浅香小姐的，那样劝他的话，反而会因为我的自私而永远留下隔阂的。"

"好啦，宫内一定会帮我们想到好主意的。"

这种交谈让人振奋，他们话题不断。之前本来什么东西都不想吃的，但为了不给宫内添麻烦，最好吃完晚饭再去。在郁雄的提议之下，二人走进有乐町的一条寿司街里好好地吃了一顿。

刚烧好的热乎乎的开水透过厚厚的茶碗传到指尖，那丰盛的蒸汽直往喉咙里钻。

"这是土耳其澡堂啊。"

郁雄开着玩笑。

"我就是土耳其小姐。"

百子答道。由于先前曾极度地不安，二人这时刻意抬高了开玩笑的声音，古风的寿司店的老爷爷苦着脸说道："最近的年轻人啊，真是的！"那苦哈哈的脸看上去相当有趣。

——由宫内解决的女画家事件在二人之间完全没留下什么痕迹。

宫内在东横线自由山丘的某栋二层楼房租了两间房，和妻子以及已经三岁的儿子三个人一起生活。

那座房子是战前那种结实的日式建筑，走廊很宽敞。主人已经死了，所以未亡人就把房子租给了他们。作为学生来说，宫内住的那两间有点奢侈了。分别有八张榻榻米大和六张榻榻米大，六张榻榻米大的那间用作书房。他是那种只管藏书却不读的类型，所以房间里到处都是书，连下脚的地方都没有。

美丽的妻子只露了一会儿脸，端来茶水后立刻退回隔壁房间里去陪孩子玩了。他们在敲打着玩具木琴。那不合节拍的声音不断在客人紧张的谈话间隙飘进来。宫内一边竖着耳朵听着随意的音乐一边说：

"你听，你听，这就是家庭的声音。你可能觉得这会干扰人的学习，打乱人的思绪，但是不知不觉，那种声音，那种不合节拍的木琴的声音就和凯尔森的《纯粹法学说》、康德或是黑格尔的学说巧妙地组合在一起，成为它们完美的伴奏了，很不可思议。"

他早秃的头在夜晚的灯光下显得更加油光滑亮。

"如果有好的主意，如果因为那个木琴声音而被激发出灵感的话，我会立刻和你们联络的。实在不行还有最后一个手段，就是乔装打扮私奔，这很老套，但也很有效。正好我老婆的娘家在鸟羽那里经营了一家旅馆，可以让他们给你们制定一些好的菜谱。但是，在此之前，'我要私奔、我要私奔！'——每天这样威胁一下你的母亲，这个方法怎么样？以毒攻毒，你要比你母亲更歇斯底里，这样来压制你母亲的歇斯底里，让她回归理性。你不觉得这方法也挺不错的吗？"

十二月

一

　　宫内这么说是出于真心为他们考虑的，不过二人实在没有勇气果断地去付诸行动。首先，现在这个时代还玩私奔就太落伍了，就算是影视情节，也显得太傻气了。百子此刻最担心的是，如果为了自己的幸福胡乱地搞这些名堂，到头来会毁了哥哥的幸福。

　　从宫内家回来的路上，百子不停地这样说道。

　　十一月了，夜晚却很暖和，雾气把郊外的街道层层包裹。宫内把二人送到了车站。自由山丘的街道对二人来说显得太过陌生。电影院门前没什么人，只有花里胡哨的招牌从雾气中浮现出来。街角的水果店里堆积如山的苹果那富有光泽的红色随着雾气的浓淡而显出不同的美。

　　"这里的商店在之前的秋祭期间损失了十来万呢。游行时用来抬神的轿子蜂拥而至，很多人倒地，压坏了不少装有葡萄的箱子。从希腊时代以来，祭祀就和葡萄有着很深的渊源呢！"

　　宫内说道。三人终于来到了站前广场，车站的灯光在广场远处的雾气中看上去就像是港口的灯，雾浓如海，对面小小的港口点着无数的灯，就像在等着游人上船一样。

在检票口处和宫内分别后二人上了台阶，走到了开往涩谷的高架线站台。这辆民营电车二人之前也没怎么坐过。

"说是约会，其实更像是出门跑业务来了。"郁雄抱歉地说道。但言语中似乎也很享受这种嘈杂。百子立刻听出来了，觉得很有趣。本来两人处于悲剧的关头，应该拉着手对着脸哭的，但此刻却很快乐。百子也有同样的感觉。想来，肉体的问题没能成为障碍，他们的心灵从未像现在这样这么贴近对方。

郁雄的感触最深。那个在热海度过的夏天，百子离他越近，他就越会被肉体的意识所折磨，似乎肉体很嫉妒他们两个人心灵上的契合一样。

与之相比，如今油然而生的感情却是相当自由的。郁雄对百子没有丝毫的内疚，只觉自己的心完全把百子整个包裹起来了，一心只为百子着想，思考着百子的幸福与不幸，哪怕百子心上有一个很小的褶皱在颤抖，自己也会有责任。电车老不来，这反而加强了他的幸福感。他甚至觉得这个世界上每一样东西都能成为他幸福的种子。

百子用围巾裹着脖颈，把双手插进大衣的口袋里，一边低头看着火车道，一边小声重复哼唱同一首歌的同一节。她的嘴唇就像是被雾气润湿了一样，如果现在吻上去，那么今晚雾气的味道一定会残留在自己的唇上，再也忘不掉了吧，郁雄不无遗憾地想。

二

　　虽然也想过宫内的忠告，但二人并没有找到付诸行动的机会，只是比以前更加频繁地见面，就这样话题也还是说不完。二人很享受这种把担心的事作为话题的乐趣。这看起来似乎有点不务正业，但二人从没有这么强烈地感觉到他们对这段恋情的投入。现实这种东西，有时让人感觉濒临绝境，但转眼间便豁然开朗，两人也是在这件事发生之后，才从中学到这宝贵的一课。事实上，事态在一点点发生变化。哥哥东一郎开始变得不那么沉稳了。自从茑的事情发生之后，未婚妻浅香小姐就完全不和他见面了。

　　以前浅香小姐经常来木田家玩的，就跟在自己家一样，最近却老是不来，最先觉得很不习惯的是木田的父母。

　　"怎么回事呢？那个孩子不来，就感觉越发寂寞，因为我们早就把她当家人一样看待了。东一郎，你自己主动去拜访她一下呗。"

　　"是啊，而且那孩子每次一到我们家，我就觉得心里挺踏实的。难道是医院那边缺打点滴的人手了？"

　　木田敬造很喜欢注射维他命，每次让浅香注射完之后，就感觉自己接受了一次针灸治疗一样，特别享受。

　　反复被这样盘问，很难想象东一郎的心里有多苦。他当然没有把茑的事情告诉父母，就是对浅香小姐也不愿说。这事早晚都会传到浅香小姐耳里的，但就是不想从自己的嘴里说出去。于是，自从宝部夫人的那句重磅宣言出来之后，他就被夹在既想尽早见到浅香小姐，但又害怕见到她，这两种相互矛盾的情绪当中了。她的沉默对东一郎来说求之不得，同时也是她对于东一郎这种心情的体贴。

浅香母女俩所住的公寓里面没有电话。他登门拜访过一次，但是公寓看起来相当寒酸，浅香小姐也不想让他来。于是就形成了什么都等浅香小姐主动联系的习惯。

日子一天天过去了，东一郎越发不安。之所以杳无音讯，想必是因为她知道了自己母亲那丑恶的计谋。这种情况下，和东一郎见面方是最好的救赎，但浅香小姐自己觉得很羞耻，所以才没有来见他的吧？虽说如此，但东一郎就是东一郎，他不是那种能够装作一无所知，一脸淡定地去拜访对方的那种人。

他每天都浑浑噩噩地读各种小说过日子。别人写的小说也好，自己之前写的也好，都没能提供给他解决眼前人生问题的方案。

"一旦进入了如小说情节般的事件的漩涡当中，那就没人比作家更无能为力的了。"东一郎想，"或者说，之所以无能为力是因为我还在修炼之中，还不具备当作家的资格？如果是真正的作家的话，对于自己的人生困境，应该可以比普通的人处理得更好吧？"

东一郎并不知道答案。但他的内心开始对迄今为止一直在拼命咬住不放的文学产生了怀疑。对于自己才能的怀疑和对于文学本身的怀疑混杂在了一起。基本上，这个"云上人"就是一个不了解他人内心的人。这种人还写小说，真的是不可思议。不过，如果是太了解别人内心的人，或许又不会想着去写小说这种东西了。

他的歇斯底里症发作了。他把正在读的小说噼里啪啦撕得稀巴烂。然后把毒害他的那些所谓人生读本的骗人的书也都撕烂了。后来甚至连自己写的大部头小说原稿也毁了。那是厚厚的一沓，他一时之间还撕不烂，就分成大概十五六页一份，慢慢地撕，这一举动却给他带来了快感，让他感觉自己在从事某种有益的活动。他想起战争期间，他的中学时代，他被派去拆毁避难所的房屋的事情。房子虽然威风凛凛地立在那里，却很脆弱，只要有一个地方被拆毁，整个房子呼啦一下就全倒了。与学校的课程相比，中学生更喜欢做这种作业。房子崩塌的时候，尘土漫天飞扬，这让他们这些少年更确信自身的破坏力。破坏比建设更能成为自己能力的证明，这个道理已经在他的眼皮底下演示过了。

于是，在毁坏这些原稿的过程中，东一郎对自己的能力又恢复了信心。已经不再需要诉诸书信这一权宜性的手段了，是的，接下来就应该马上杀到浅香小姐的家里去。但即使这么想了，他还是没能下定决心，于是又思考了大约三十分钟。这下，怯弱就又生根发芽了。他必须去妹妹的房间求救了。从那天和宝部夫人会面后发表了强势的言论以来，两人还没怎么说过话。在昏暗的楼梯上，他迈着天生的汗脚咯吱咯吱地走了上去。

三

百子几乎没怎么和哥哥一起外出过。被叫去作陪这种戏剧化的访问的经历，更是一次都没有过。兄妹俩虽然一贯感情很好，但都是各过各的。

东一郎用一种极其可怜的态度哀求她：

"哎呀，你就跟我一起去一次嘛！我一个人去没信心啊。求你了，陪我去一次吧！"他的声音带着哭腔。

"真没出息！一个人去找女朋友都不敢。首先，哥哥你又没有做什么坏事，堂堂正正地去不就行了？还有，你既然真的坚定地爱着浅香小姐，就拿出自信来，只管去就行了。"百子虽然嘴里这么取笑他，但也只能答应下来了。在去的路上，哥哥反复强调：

"等我们见了面肯定就能说通的。这是肯定的。"

于是占据优势地位的妹妹也说了：

"那我还去不更是多余了吗？我可不愿意拖人家后腿啊！"她又在欺负东一郎。

兄妹俩还是就这样出去了。那个初冬的下午，天阴沉沉的，但对百子来说也挺有趣。本来是因为哥哥恋爱，他们俩的爱情才被逼到绝境的，但这次外出是哥哥比较热心，而百子就很随性。

两边的树都枯了，T大校园里的银杏叶也已经全黄了。那一大片金黄的云朵，给总是很沉闷的校园增添了少有的轻盈的色彩。电车上的乘客们也都伸长了脖子，拼命地想要看清突然闯入自己视野中的大片黄色到底是什么。

二人坐着电车来到了驹达，又从田端换乘京滨线到下十条站。下车之后，二人走在通往荒川水路的厂区街道上。单调而巨大的噪音传到耳里。这里的人们似乎听惯了，充耳不闻。镇上工厂里机床发出的声音，或是人们不断地敲打铁板的声音，这些声音就像是乡下的鸡叫声，遥相呼应，因着色浓淡不同，远近的景物相互堆叠，出现在同一幅画中，就像是一团发出沉闷而笨重的声音的烟霭。

百子喜欢新鲜的事物，和山手线附近长大的大小姐们不同，她不会动不动就对什么事物持有偏见。她像小孩子一样一边搓着手套一边走，只觉这个镇子比自己的那个更有活力。

东一郎的眼里却只看到灰色的一片。听到街角的连环画说书人敲响节奏板的声音，只觉得一阵凉意。把那么清纯的浅香小姐置于这种环境下,而自己现在又没有能把她从这里拯救出去的经济能力,这让他感到恼火。连环画说书人手中那一张张的画纸有一些放倒了,于是只得重新一张张放进去,这样说书的人又颇费了些气力。观看的孩子们都堵在路口,兄妹俩一时也前进不得。

"看,画卡住了,不能顺利播放呢。"

东一郎提醒妹妹注意。

"有意思,好滑稽啊。"

"好惨的不是吗!"为一个说书人的画纸而伤心,百子这下知道他有多神经质了。百子偶然不经意地抬头向对面望去。那边有一栋二层小楼,就像一座远离闹市的偏僻的医院一样,二楼窗口有一张脸正往这边张望。

"啊,是浅香小姐呢!"百子想。但对面似乎没有留意到他们。她黑色头发之间露出的表情很是落寞,然后忽地隐没在晾在窗口的衣物之中。

百子突然觉得这次拜访或许没有想象中那么顺利。

四

二人走上布满灰尘的楼梯,穿过昏暗的走廊。有很多杂物堆在走廊里,几乎把他们绊倒了。

"就这个房间。"哥哥说道。他敲了敲门,然后躲到了妹妹的身后。

"哪一位?"

百子无奈只得开口了:"我是木田。"

里面迟迟没有回应。百子不经意地转了一下门把手，门就像是倒了一样突然往屋内咿呀一声打开。一股烤食物的味道飘了过来。

六张榻榻米大小的房间收拾得很整洁。朱红色的小小的矮脚饭桌旁边有一个小小的暖手火盆。旁边放了一张网，上面正烤着年糕。披着外套的母女俩坐在火盆两侧。两个人都抬起头来，吃惊地抬头看着百子和东一郎。

粗心的百子没有想到，居然会在这里见到茑。东一郎完全没有牵涉至那件事当中，而不愿触及那不愉快的回忆的百子，也在无意识中把茑的存在从内心排斥掉了。她只顾着思考浅香小姐的事情，所以很淡定地跟了过来。

只有一小段时间没见到茑，她却像是老了很多。很快百子就反应过来了，这是因为她没有化外出时的浓妆的缘故。领口的邋遢也凸显了她的老态。

"啊，欢迎，欢迎光临！"

茑恬不知耻而又狡黠地笑着把他们迎了进去，没化浓妆反倒让她脸皮不显得那么厚了，只是一副穷酸样。百子觉得自己对这个老女人也不是很抵触，于是放心了。

兄妹俩沉默着坐下。浅香小姐也低头不语。只有茑一个人开口了：

"真的好久没见了！是我们不好，本来是说要去拜访的，这孩子就是不听我的话。我们这地方太脏了，让大小姐亲自过来，真的很过意不去。来个年糕怎么样？这是乡下的朋友今天早上送过来的。"接着就像从下面窥视百子的脸一样说道："大小姐真是什么时候看上去都那么漂亮哎，我们家的姑娘真的是望尘莫及啊！俗话说，女大十八变，还真的是这样。以我一个女人的角度来看，真的漂亮，妙龄少女的魅力都流露出来了，这可不是我吹捧您啊，这您懂的，对吧？"

就像是老旧的录音机发出的慵懒声音一样，现在已经对百子没有作用了。百子不经意地抬头去看哥哥，他似乎完全没有听进去，只是一直在看着浅香小姐的侧脸。

浅香小姐的侧脸上有少许乱发，这让她显得十分凄美。百子感觉这张以朦胧的玻璃为背景的脸上隐藏了太多的情感，它看起来冰冷而清澈。最听不得莺啰嗦的应该就是浅香小姐了。终于她用尖利的声音制止了自己的母亲：

"妈，你别再说了。能停下来吗？让我说几句吧！"

浅香小姐面朝着东一郎，似乎是下定了某种决心似的坐直身子。她一眼都没有看向百子，这样百子也就可以很仔细地观察她了。大抵上，就算是同性，百子也喜欢长得漂亮的人。面对漂亮的人，百子对她的评价标准自然也就会放宽不少，这是人之常情。所以她相信，现在的浅香小姐也没有对他俩有什么坏心眼。"这个时候她是不是应该顺势扑倒在哥哥的脚下痛哭流涕呢？唉，我得跟这个老太婆，这个不共戴天的敌人正面交锋了！"

浅香小姐的喉咙微微有些颤抖。她穿着紫色的铭仙绸缎做的和服，脖子又细又白。东一郎鼓起勇气伸出手想去拉她，但被她迅速躲开了。

"我打算永远不再去你们家了。"

浅香用冷静得出奇的语气说道。此刻她的语气听起来就像是一个典型的护士，百子心想。

"怎么这么说啊！"东一郎只能勉强挤出这句话。

"我已经下定决心了，所以，请你以后也别再来了。"

"为什么？"

"不为什么！"

东一郎顿时激动起来，像平常一样，他说了一些欠妥的话，让百子听了直皱眉。

"我明白的，因为你母亲做了那件事，你就觉得很丢人了对吧？你母亲是你母亲，我对你的感情没有什么变化。绝对没有。你没有必要也觉得羞耻，也觉得自己卑微啊，不是吗？"

"哪有什么丢人的，对吗妈？你做什么丢人的事了吗？"

"当然没有啦，你这家伙！"茑适时地答了一句。这样一来，对话就转移到了母女之间，而东一郎被抛到了圈外。

"那个，妈，你做的事情我都听说了。但我觉得百子小姐不会纠缠不休的。这事就算过去了，这样行吗，妈？"

"嗯，你这么说确实让人听了有些不高兴，不过，就是这样的。"

"啊……"东一郎脸色瞬间变了，百子却冷静得出奇。虽然浅香小姐的话说得很过分，但说这番话时浅香小姐的眼里并没有什么狂妄，反而充满了悲伤，这百子看得出来。

"吃个年糕怎么样？"

百子渐渐冷静下来，甚至她都有心情去吃茑递过来的年糕了。本来这种时候，吃点东西是最有助于平复心情的，这是微妙的反省在起作用。

"东一郎先生，我把话挑明了吧。对于母亲做的事情，我可没觉得有什么可羞耻的。但我确实非常生气。明明是自己点的火，却装着去灭火。在你住院期间，就是她最先唆使我去接近你的！她说你看上去像是好人家的少爷，尽力引诱你，我俩如果能结婚，她也就放心了。妈，你是这么说的吧？"

"对，说了说了！你说的都对。我无话可说。大小姐，大小姐，再来个年糕怎么样？"

东一郎渐渐激动起来，眼睛都快冒出火花来。

"事情进行得很顺利，眼看就十拿九稳了，没想到又因为我妈的坏毛病，事情搞砸了。我自己也没心思再演下去了……所以，你明白了吧？东一郎先生，这件事就到此为止吧。这种事以前也有过两三次。都怪我妈，每到最后关头就搞砸。这是我的命，没办法的。"

东一郎脸色煞白，全身颤抖。好不容易才像挤牙膏似的挤出来一句话，这是个让人相当无语的问题，一点都不像是一个写小说的人该问的：

"也就是说，你根本就不爱我呗！"

"这个嘛，也不是根本不爱，不过我们已经完了。你回去吧，拜托！"

"那好，百子，我们走吧！"哥哥愤然起身。百子扫了一眼浅香小姐的眼睛。那空洞的眼里看上去要比饱含热泪含有更多无处掩藏的悲哀。"哥哥居然没有注意到这双眼睛，真是个大笨蛋。"想着，百子只得无奈地，像个小孩子一样说了一句：

"多谢款待！"然后跟着哥哥站起身来。

五

浅香小姐真的深爱着哥哥！这是她当场亲眼见过之后确定无疑

的想法。她是因为太为母亲的行为感到羞耻了,所以才主动退出,只是不想给大家添麻烦而已。她是要牺牲自己的幸福……没有比这更明确的事情了。那个场合下的浅香小姐可以说全身心都在展现这一点,可是只有东一郎看不出来。

"把我当傻瓜了!不要脸的女人!"

东一郎自言自语,声音越来越高,连行人们都侧目而视。当然,跟疯子在一起的百子也应该和他差不多。

"我现在说什么都没用,哥哥听不进去的。等他慢慢明白过来的时候我再说吧。可怜的浅香小姐。"

百子正想时,哥哥已经招手拦住了一辆出租车。百子被哥哥推着屁股就像是堆行李一样塞进了出租车里。车开之后,百子问:

"要回家吗?"

哥哥没有回答,只是对出租车司机吼道:

"饭仓片町!"

"啊?"百子惊讶得不知道怎么往下说了。

……

……

那一天的经历说起来真的是很不可思议,很疯狂。那天之后,每次到了该上床睡觉的时候,百子都总也睡不着。脑海中像是有各种各样的玻璃碎片在旋转一样。一切问题都解决了,所有的东西都在帮百子实现她的幸福。

东一郎把百子拉到宝部家,和宝部夫人见了面。之后破口大骂浅香小姐,宣布和浅香一家的婚约彻底破裂。之后,形势急转直下,他和宝部夫人变得十分投缘,他为前些天的失礼道了歉,两个人还举起了葡萄酒杯,在收音机播放的舞曲的伴奏下,夫人甚至还和东一郎一起跳起了舞。百子只能目瞪口呆地在一旁看着。

接着郁雄回来了,少见的是,宝部先生也很早就回来了,五个人一起吃了晚饭。在席间,先是由夫人宣布所有的事情都已经解决了,也不知道是吹了哪阵风,元一忽然成了夫人指责攻击的对象。夫人发表了一通演说,大意是说,这些麻烦事都是由于他把郁雄和百子的婚期延后引起的,所以必须尽快让两人结婚。其结果是,元一的口气也明显变软了,而且那一天元一的公司里似乎也有好事发生,于是他终于提出要在圣诞节之前给两人举办婚礼。

……百子彻夜难眠。她把今天一天所发生的事在脑海里过了一遍,觉得所有的一切都跟做梦一样让人难以置信,这份幸福还会被摧毁吗?一种恐惧感向她袭来。她总觉得自己手里正握着一张能摧毁这种幸福的王牌。这张王牌到底是什么呢?

"是良心吗?"百子想。

确实,关于浅香小姐对彼此之间爱情的观点,百子之所以没有将自己观察到的结果告诉哥哥,是因为她有一个判断,认为哥哥太激动了,根本听不进耳朵里。这是她的真心话,并非谎言。但当他们坐上出租车,哥哥喊出"饭仓片町"的那一瞬间,百子的良心又让她闭上了嘴。这说起来很可悲,但却是事实。——要是说出来了自己就会吃亏,这种判断在百子的心里生根发芽,给她良心的嘴上戴上了一副口罩。但在一天的风浪之中,她的良心并没有感到很痛。因为她心里清楚,只要保持沉默,任由事情发展下去,那么自己就能顺顺利利地迎来幸福的结局了。

……躺在床上之后良心才开始痛起来。似乎自己做了一件无法挽回的对不起哥哥的事。"我真是太自私了，"她不停地在想，"这个结局郁雄也期盼已久，但竟是靠我一个人的自私自利才获得的，难道不是吗？"

"好啦，明天上午无论如何也要和郁雄见一面，跟他说说这件事……"

六

第二天，郁雄本应上十点半的课，但因为百子打来了电话，于是他决定九点去百子家。这不是一件让人为难的事。因为昨晚郁雄也根本就没睡着。

早上很冷，美丽而透明的、没有任何暖意的朝阳洒满了整条街道。二人走过电车道，从正门进入了学校。

"好漂亮啊，但就是太臭了，受不了。"

郁雄说着，从银杏果落了一地的银杏树下的树影中快步走过，在安田讲堂前面右拐，于山上御殿的草坪斜坡上坐了下来。这片草坪早上不会有人来的。草坪上，即将融化的霜反射着晶莹的光。郁雄摊开双排扣防水大衣，毫不怜惜地垫在上面。

"一大早就在学校约会，我真是个坏学生啊！"

郁雄很快就留意到了，百子有些憔悴。之后，对于她的忏悔之言，他丝毫没有加以嘲讽，只是边听边"嗯嗯"地附和着。

"那你打算怎么办？"

"我觉得还是跟哥哥说一下比较好！"

"你对利己主义还带有洁癖啊！"

"应该说，是的，我不希望我们的幸福中投射有别人不幸的影子。"

"你还真是个完美主义者啊！"郁雄对此下了个定义，"没事的，这件事光跟我说就行了，跟别人就别说了。等结婚典礼以后你再说也不晚啊！"

"这太狡猾了吧？"

"但我们在订婚的这一年当中，不也经历过类似的事情吗？也就是说，相比呆在只有两个人的茧里，为别人的事情考虑、担心其实更能加深两个人的感情……这能说是为了我们的爱情去利用别人的感情吗？原本别人就是为了我们而存在，我们说到底也是为了别人而存在的，不是吗？"

"你这样说倒也是。大家都能均等地享受幸福，这是童话故事里才有的事情。但是我真心地希望我哥哥有一天也能收获属于他的幸福。"

"那是你人太好了。这就够了。"草坪斜坡下面，四角形宽阔的运动场上到处都有亮晶晶的霜，对面的大学医院的窗户处，隐约看到有人在拍打着一些白色的布。

"那里是病人，这里是再过几周就要结婚的两个人。人生就是这样的，早上对谁来说都是早上。"

"那里也有护士呢……"

"悲伤的护士，幸福的护士，爱唱歌的护士……护士也分很多种的。"

"为别人考虑也就是为我们而考虑啊！"

"你现在很幸福，所以心胸才会那么开阔的！"

"坏蛋!"百子拼命想瞪他,但是没能阻止嘴角笑意的蔓延。

"这一年我们也长大了啊!"

郁雄一边揪着冰冷的草一边说道。

"是长大了。"

"但是你和我比起来,还是更孩子气一些的。"

"为什么?"

"听我说啊,我刚才听你说起你哥哥和浅香小姐的事时,就是这么想的。为什么你哥哥要硬把你拉到那栋楼里去呢?"

百子心里涌起一阵感动,等着他往下说。

"我觉得吧,你哥哥可能早就知道了。如果他去找浅香小姐的话,她一定会违心地说一些冷言冷语的话的,只要你在现场,哥哥就可以无所顾忌地发怒、死心,就可以采取下一步的行动了。"

"什么下一步行动?"

"嗯,是采取一些能让我们幸福,确切地说,是能让你幸福的行动。"

"啊!"百子瞪大了眼睛。郁雄沉默的时机恰到好处,这给了她沉浸在感动中的时间。

"你在想什么?"郁雄终于开口问道。

"我哥哥的事。"百子回答。然后她又一脸不可思议地说道:

"那也是为你着想。为什么呢?不管他怎么想,最后也还是为你着想。"

"你是想说对不起哥哥吧,你可真会说啊!"

"对啊,我不觉得对不起谁。幸福这东西,要实实在在、心怀感激、满满当当地攥在手心里才好啊!"

百子经历了种种事情之后才得出的这个结论第一次给了郁雄作为真正的丈夫的自信。

"是的。"郁雄用欢快的声音说道。然后，一边留意着运动场周边逐渐多起来的一群穿着制服的人，一边把手轻轻地搭在了百子的肩膀上。

三岛由纪夫
永すぎた春

图书在版编目（CIP）数据

漫长的春天 /（日）三岛由纪夫著；覃思远译 . — 上海：上海译文出版社，2023.5
（三岛由纪夫作品系列）
ISBN 978-7-5327-9236-8

Ⅰ.①漫… Ⅱ.①三…②覃… Ⅲ.①长篇小说-日本-现代 Ⅳ.①I313.45

中国国家版本馆 CIP 数据核字（2023）第 071593 号

漫长的春天	[日] 三岛由纪夫 著	出版统筹 赵武平
永すぎた春	覃思远 译	责任编辑 董申琪
		装帧设计 柴昊洲

上海译文出版社有限公司出版、发行
网址：www.yiwen.com.cn
201101 上海市闵行区号景路 159 弄 B 座
启东市人民印刷有限公司印刷

开本 890×1240 1/32 印张 5.75 插页 2 字数 85,000
2023 年 6 月第 1 版 2023 年 6 月第 1 次印刷

ISBN 978-7-5327-9236-8/I · 5751
定价：38.00 元

本书中文简体字专有出版权归本社独家所有，非经本社同意不得转载、摘编或复制
如有质量问题，请与承印厂质量科联系。T：0513-83349365